Le dessin

Scénario

Marco Hukenzie

Le dessin © Marco Hukenzie

CHALTAROS

© 2020, Marco Hukenzie

Éditions : BoD-Books on Demand
12-14 rond-point des Champs-Élysées, 75008 Paris
Impression : Books on Demand, Norderstedt, Allemagne

Photo couverture : Unsplash/Adriano Cantarello

ISBN : 978-2-3222-2439-5
Dépôt légal : septembre 2020

Un scénario se lit un peu comme une pièce de théâtre. Chaque scène est numérotée. EXT/JOUR ou EXT/NUIT signifie que la scène se passe à l'extérieur de jour ou de nuit, INT/JOUR ou INT/NUIT signifie que la scène se passe dans un intérieur de jour ou de nuit. « Off » signifie qu'on ne voit pas à l'écran le personnage qui parle. Les mots écrits en capitales dans les didascalies correspondent soit à la toute première apparition d'un personnage important, soit à des sons caractéristiques mis en valeur dans le texte afin de renseigner l'ingénieur du son. En général, un retrait à la ligne correspond à une suggestion de changement de plan.

Le dessin

CARTON : « été 2014, commune de Beaumont en Auvergne »

1 – INT/JOUR – VILLA AUGIER – ÉTAGE – BUREAU AUGIER

Une feuille à dessin, posée sur un bureau.

Au-dessus de la feuille, la pointe d'un stylo plume, tremblante.

Une RESPIRATION D'HOMME, LENTE.

La plume se pose sur la feuille et esquisse le contour sommaire d'un oiseau.

Près de la feuille à dessin, le modèle, une page de cahier d'écolier défraîchie, avec un dessin d'enfant : un oiseau colorié au crayon.

Sous le dessin, écrit avec une écriture d'enfant :
« l'étourneau, Robert Augier, 8 ans ».

Derrière ses lunettes, le regard presque halluciné de ROBERT AUGIER, 76 ans.

Le son de sa RESPIRATION.

Son regard passe du dessin d'enfant…
… à la pointe de sa plume.

La plume, un peu au-dessus de la feuille à dessin, cherche dans l'air le trait idéal qui va faire naître le ventre de l'oiseau. Elle tremble un peu.

La RESPIRATION S'ARRÊTE.

Le dessin

La plume ne tremble plus. Elle se pose sur la feuille et commence à tracer, lentement, le trait définitif, la courbe du ventre de l'oiseau.

Soudain la main est prise d'un tremblement.

PLAINTE d'Augier.

Le trait a dévié de sa trajectoire.

Au lieu d'une patte, l'oiseau semble doté… d'un appendice sexuel.

Augier reste un moment à contempler la chose qu'il vient de créer. L'expression de son visage est figée. Quelque chose de las, de vaincu dans son regard.

Il cache l'esquisse ratée sous un tas de feuilles.

Sur le bureau, en vrac, d'autres feuilles à dessin, vierges. Des flacons d'encre, des tubes à peinture. Des pots remplis de crayons et de pinceaux. Un paquet de cartes à jouer.

Deux grandes illustrations d'Arthur Rackham apparaissent sur le mur derrière Augier : à gauche, « Crow » et son corbeau à l'affût, à droite, « Leviathan » et son saurien affamé se précipitant dans l'eau. Ailleurs sur les murs, des reproductions de dessins issues de livres pour enfants de Tomi Ungerer, Maurice Sendak, Jean de Brunhoff…

Augier consulte sa montre. Puis il se lève et saisit une canne posée contre un mur.

Le dessin

Boitant de la jambe droite, il marche vers la sortie du bureau.

Il passe devant un chevalet posé dans un coin de la pièce, près d'une petite table sur laquelle se trouve un écran d'ordinateur allumé. Sur l'écran, la page d'un site Internet présentant des couvertures de livres pour enfants.

2 – INT/JOUR – VILLA AUGIER – ESCALIER SALON

Augier s'aide de sa canne et de la rambarde de l'escalier pour descendre.

3 – INT/JOUR – VILLA AUGIER – SALON

Un salon bourgeois, orné de tableaux : « L'angélus » de Millet, « Les blanchisseuses », de Degas, « Soir », de Breton.

La VOIX DE MARIA CALLAS INTERPRÉTANT « LA WALKYRIE » résonne dans la pièce, provenant d'un vieux poste radio posé sur une étagère.

Augier est assis devant une petite table, sur laquelle se trouvent plusieurs pots garnis de pinceaux. Il tient un pinceau qui tremble un peu entre ses mains, et dont il examine la brosse. Il range le pinceau dans un pot.

Il regarde sa montre, anxieux.

Le dessin

La sonnerie de l'entrée retentit.

Augier : tout de même !

S'aidant de sa canne, il se lève et va à l'entrée.

4 – INT/JOUR – VILLA AUGIER – SALON – ENTRÉE

Augier ouvre la porte d'entrée.

Augier : Safeta, comment se fait-il… ?

Il s'arrête net. Une femme blonde aux yeux clairs, la trentaine, se tient sur le perron. Elle porte un blouson et un jean.

Augier est interpellé par son visage…
… d'une beauté discrète et sensuelle. Ses cheveux sont relevés en un chignon sévère mais qui met en relief un ovale harmonieux. Elle le regarde un bref instant, les traits tendus.

Laetitia : bonsoir monsieur. Je suis Laetitia Charpentier, de Familles Solidarités. Je viens de la part de Florence, pour remplacer votre aide à domicile. Elle a eu un accident…

Augier : un accident ?

Le dessin

Laetitia : rien de très grave, ne vous inquiétez pas. Sa vie n'est pas en danger… Florence est avec elle à l'hôpital.

Augier : qu'est-ce qui s'est passé ?

Laetitia : un type en voiture, il était en marche arrière. Il ne l'a pas vue sortir d'une épicerie… il s'est enfui tout de suite. Elle s'en est tirée avec une côte cassée.

Soupir nerveux d'Augier.

Laetitia : Florence m'a dit de venir vous chercher, pour votre rendez-vous chez le docteur.

Augier : oui… oui c'est exact… J'ai un rendez-vous important chez le médecin et je suis en retard… Vous pouvez m'emmener voir Safeta après ?

Laetitia : bien sûr monsieur.

Augier : je mets mon manteau et j'arrive.

5 – EXT/JOUR – VILLA AUGIER – ALLÉE DEVANT LA VILLA

Sous un ciel dégagé, Augier sort de la propriété, petite villa devant laquelle passe un chemin, située près de Beaumont au sud de Clermont-Ferrand. Il rejoint Laetitia.

Augier : ça vous embête si je passe mon bras autour du

Le dessin

vôtre ? On avait l'habitude, avec Safeta.

Elle a un temps d'hésitation...
... qu'il remarque.

Laetitia : allez-y.

Il passe son bras sous celui de Laetitia. Ils marchent.
Ils vont jusqu'à une voiture garée devant la maison.
Elle lui ouvre la portière, puis fait le tour de la voiture pour se mettre au volant.

6 – EXT/JOUR – CAMPAGNE

La voiture de Laetitia roule sur un chemin de campagne.

7 – INT/JOUR – VOITURE

Laetitia, au volant. Augier la regarde.

Augier : dites-moi, on s'est déjà vus, non ?

Elle fixe la route sans répondre.

Augier : ça fait combien de temps que vous êtes sur Beaumont ?

Le dessin

Laetitia : à peu près un mois.

Augier : on a dû se croiser quelque part…

Laetitia : c'est possible… sûrement au marché… j'y suis allée plusieurs fois.

Augier, perplexe, considère Laetitia.

8 – EXT/JOUR – BEAUMONT

La voiture traverse une rue de la petite ville de Beaumont.

9 – INT/JOUR – VOITURE

Augier désigne une rue à Laetitia.

Augier : prenez la seconde à gauche, là… puis ensuite à droite et nous y sommes.

10 – EXT/JOUR – BEAUMONT – ENTRÉE CABINET LEDONCET

La voiture s'arrête devant le portail d'entrée d'un cabinet médical.

Augier : à tout de suite.
Laetitia : attendez.

Le dessin

Elle sort rapidement de la voiture et ouvre la portière à Augier.

Augier : merci.

Il sort.

11 – INT/JOUR – BEAUMONT – CABINET LEDONCET

Augier, torse nu, est assis sur un lit médical. Sa canne est posée contre le lit. Il boit l'eau d'un gobelet. Sa main est agitée d'un tremblement alors qu'il porte le gobelet à sa bouche.

Debout devant lui, LEDONCET, dans les cinquante ans, l'observe avec sérieux.

En tremblant, Augier lui tend le gobelet. Le médecin le pose sur une petite table près de lui, puis il prend délicatement le poignet d'Augier.

Ledoncet : décontractez-vous, Robert.

Ledoncet fixe la main d'Augier tout en parlant.

Ledoncet : qu'est-ce que vous faites de votre temps libre depuis que vous n'êtes plus bénévole ?

La main d'Augier, qui ne tremble plus.

Le dessin

Augier : je réfléchis à un livre pour enfants. (ironique) Ça ne pouvait pas mieux tomber…

Ledoncet abandonne la main d'Augier.

Ledoncet : ça fait combien de temps que les tremblements ont commencé ?

Augier : je ne sais pas… six ou sept mois… Au début c'était très léger. Sporadique. Je pensais que ça finirait par passer. Mais là, depuis deux, trois semaines…

Ledoncet se lève.

Ledoncet : … ça c'est accentué. Vous permettez ?

Augier acquiesce.
Le médecin examine un instant le visage d'Augier : il tâte le menton… les joues… le front…

Ledoncet : clignez des yeux naturellement, à votre rythme.

Augier obéit.

Ledoncet : bien. Vous pouvez vous rhabiller.

Augier s'exécute, anxieux, tandis que Ledoncet passe

Le dessin

derrière le bureau et s'assoit. Le médecin prend quelques notes hâtives sur un dossier.

Augier : c'est un Parkinson ?

Un temps. Ledoncet fait « non » de la tête.

Ledoncet : la maladie de Parkinson, c'est surtout des tremblements au repos, ce qui n'est pas votre cas. Vous, vous tremblez quand vous faites un geste volontaire. A priori, c'est un cas de tremblement essentiel. Beaucoup de gens de votre âge en sont atteints. Ce n'est pas aussi grave qu'un Parkinson, et c'est bien plus…

Augier (l'interrompant) : ça m'empêche de dessiner. Je dois dessiner.

Ledoncet : je comprends. Le problème c'est que… vous vous êtes soudainement mis à beaucoup trembler. Je ne voudrais pas jouer les oiseaux de mauvais augure, mais je crains que ça ne s'accentue encore dans les mois à venir… Certains gestes de votre vie quotidienne qui requièrent une certaine finesse, comme le dessin, risquent d'être de plus en plus… compliqués à exécuter.

Un temps. Augier accuse le coup.

Augier : il n'existe rien ? Pas de traitement ?

Ledoncet : il existe un traitement. Il en existe même plusieurs… Mais ils agissent de façon ponctuelle,

Le dessin

pendant quelques heures. L'idéal serait que vous consultiez un neurochirurgien, qui vous proposera éventuellement une opération.

Augier : pas question de passer sur le billard pour l'instant. Donnez-moi des médicaments, ça ira très bien.

Un temps, durant lequel Ledoncet semble jauger Augier. Puis il remplit une ordonnance.

Ledoncet : très bien. Nous allons voir ensemble le traitement qui est le mieux adapté à vos besoins…

12 – EXT/JOUR – BEAUMONT – ENTRÉE HÔPITAL

La voiture de Laetitia, avec Augier à son bord, se gare devant l'hôpital.

13 – INT/JOUR – BEAUMONT – HÔPITAL – COULOIR

Augier et Laetitia avancent le long d'un couloir de l'hôpital.

Ils s'arrêtent devant une porte. Augier ouvre.

Le dessin

14 – INT/JOUR – BEAUMONT – HÔPITAL – CHAMBRE

SAFETA, la trentaine, est allongée sur un lit, en pyjama, plâtrée au niveau du torse.

Debout devant elle se tient un homme de belle allure d'environ 35 ans, PAINON. Il se retourne en entendant la porte s'ouvrir. Près de lui, FLORENCE, la soixantaine sobre et élégante, fait de même.

Painon : Ah, Robert !

Augier entre tandis que Laetitia referme la porte.
Painon fait quelques pas vers Augier et, souriant, lui serre la main avec chaleur.

Painon : ça fait plaisir de te voir. Malgré les circonstances…

Augier lui répond par un sourire discret.

Augier : Olivier.

Painon remarque Laetitia près de la porte.

Painon (à Laetitia) : bonjour.

Painon serre la main de Laetitia, qui est un peu empruntée.

Le dessin

Laetitia : bonjour monsieur.

Florence (à Augier) : je t'ai envoyé Laetitia dès que j'ai su la nouvelle. C'est la seule qui était disponible en milieu de semaine. C'est une fille sérieuse.

Augier : merci, Florence.

Augier s'approche de Safeta.
Elle est pâle. Elle a un gros hématome sur le front.

Augier : vous n'avez pas eu de chance, ma pauvre.

Safeta a un sourire gêné.

Safeta (avec un accent de l'Est) : désolée Robert.

Augier : ne vous inquiétez pas voyons… Pour la nourrice du petit, vous avez besoin… ?

Safeta : non, merci…

Florence : on a fait ce qu'il faut, Robert. (à Safeta) La nourrice m'a appelé à propos du linge, pour le petit…

Florence continue de parler à Safeta. Painon prend Augier en aparté.

Painon : on a une description de la voiture, une camionnette Peugeot noire. L'épicier n'a pas eu le temps de relever le numéro de plaque mais il a vu la

Le dessin

tête du chauffard. Dès que j'ai su que c'était ton aide à domicile, j'ai demandé à prendre cette enquête. (un temps) Les copains demandent toujours pour toi tu sais…

Augier : je n'ai plus trop la tête au poker. Et puis ça me fatiguait de vous mettre des piles.

Painon a un petit rire.

Painon : je vais devoir y aller. Je te tiendrai au courant. N'oublie pas que tu me dois une revanche.

Augier : une seule ?

Laetitia voit Augier et Painon se serrer la main en souriant. Peut-être se demande-t-elle dans quelles circonstances ce jeune flic et ce retraité se sont-ils liés d'amitié ?

Painon : au revoir mademoiselle.

Laetitia (baissant les yeux) : au revoir.

Painon sort.

Florence (à Augier) : je vais acheter un magazine pour Safeta. Tu m'accompagnes ?

Augier : oui. Je vais en profiter pour aller à la pharmacie.

Le dessin

Laetitia prend une bouteille d'eau et sert un verre à Safeta qui la remercie en souriant.

Florence : à tout de suite, mesdames.

Florence et Augier sortent.

15 – EXT/JOUR – BEAUMONT – PLACE – DEVANT UNE PHARMACIE

Florence et Augier sortent de la pharmacie. Florence a passé son bras sous celui d'Augier. Elle tient un sachet de médicaments et une revue.

Ils marchent.

Florence : il est charmant ce Painon, et efficace. Tu vas voir qu'il va nous retrouver ce chauffard.

Augier : c'est un bon gars. Compétent.

Florence : tout à l'heure il m'a raconté votre première rencontre.

Augier : ah.

Florence (souriante) : tu aidais déjà les familles en difficulté à ce qu'il semble…

Augier, un temps pensif puis :

Le dessin

Augier : il avait quatorze ans… un sac d'os. L'autre minable le cognait tout le temps, la mère ne bougeait pas... A l'époque je jouais au poker chez un copain tous les dimanche après-midi. On entendait tout. J'ai fini par réagir. Ils m'ont claqué la porte au nez, alors j'ai été voir les flics.

Florence : ils ont dû t'en vouloir…

Augier : autant pour ça que pour les parties de cartes avec leur fils par la suite. Mais l'autre ne l'a plus jamais touché.

Florence : il m'a dit que c'est ça qui lui a donné envie de devenir policier, voir la trouille de son père devant une autorité plus forte.

Augier (plaisantant) : ne m'implique pas là-dedans. Je m'en veux assez comme ça.

Florence (sourit) : et il m'a dit « Robert, c'est un homme noble ».

Augier : noble, tu parles… « parvenu » surtout.

Florence rit en secouant la tête.

16 – EXT/JOUR – BEAUMONT – HÔPITAL – ENTREE

Florence et Augier arrivent vers l'entrée de l'hôpital.

Florence : d'après le médecin, Safeta devrait en avoir

pour un mois, un mois et demi. Laetitia la remplacera… à moins qu'elle ne te convienne pas ?

Augier : ça devrait aller.

17 – INT/JOUR – VILLA AUGIER – SALON

Laetitia et Augier sont assis à la table du salon, devant deux tasses de café fumantes et un sucrier. Elle a retiré son manteau. Un sac de voyage est posé à ses pieds.

Elle semble réciter plus que vraiment parler :

Laetitia : … et puis j'ai arrêté mes études pour travailler comme réceptionniste dans une société de recouvrement. Cette société a déposé le bilan il y a quelques mois. J'avais besoin de quitter Paris, de changer d'air, alors je suis venu rejoindre ma mère à Clermont-Ferrand pour chercher du travail, mais je n'ai rien trouvé. Une amie de ma mère m'a parlé de l'association. Et comme j'aime bien m'occuper des personnes âgées… enfin je veux dire…

Augier : … des vieux débris.

Laetitia : pardon ?

Le dessin

Il a un petit rire.

Elle est pétrifiée.

Augier : je plaisante, Laetitia. Vous ne buvez pas votre café ?

Elle a un silence, puis :

Laetitia : vous avez de la saccharine ?

Augier : je crains que non.

Laetitia : c'est pas grave.

Elle boit une gorgée de café.

Augier : et ça ne vous dérange pas de rester ici vingt-quatre heures sur vingt-quatre ? Vous avez peut-être, je ne sais pas, un petit ami ?

Laetitia : … non, ça ne me dérange pas. Et puis comme c'est pour un mois ou deux avant que Safeta revienne…

Il acquiesce, la regarde un instant comme s'il attendait quelque chose, qui ne vient pas. Puis :

Augier : terminons tranquillement. Ensuite je vous explique la routine en vous faisant le tour du propriétaire.

Elle a un sourire forcé.

Le dessin

18 – INT/NUIT – VILLA AUGIER – ÉTAGE – SEUIL CHAMBRE

Augier et Laetitia sont à l'étage. Sur un mur, les tableaux « Lighthouse Hill » et « Room in New York », de Hopper.

Augier désigne une pièce à Laetitia : une petite chambre avec un placard et un lit. Puis il lui montre le seuil de la chambre voisine.

Augier : là, c'est ma chambre. Safeta avait pour habitude de se lever à sept heures moins le quart pour me préparer mon petit déjeuner.

Laetitia regarde le seuil de la chambre d'Augier, décontenancée.
Augier remarque son expression.

Augier : ça vous fait trop tôt ?
Laetitia : … ça me convient tout à fait.
Augier : très bien alors. (un temps) C'est étrange cette impression familière… Pourtant je ne vois pas…

Laetitia hausse légèrement les épaules, l'air de dire « ça arrive ».

Augier : bon. Je vous dis à demain matin ?
Laetitia : oui. Passez une bonne nuit monsieur Augier.

Le dessin

Augier : Vous pouvez m'appeler Robert. Vous de même, Laetitia.

Il part et va dans sa chambre, referme la porte derrière lui.

Laetitia reste plantée sur le seuil, le regard perdu…

… puis elle sort un téléphone de sa poche, le consulte, et tape un texto.

19 – INT/JOUR (matin) – VILLA AUGIER – CUISINE

Laetitia nettoie l'évier.

Augier, en pyjama, prépare son traitement, une poudre qu'il verse dans un verre d'eau.

20 – INT/JOUR – VILLA AUGIER – ÉTAGE – BUREAU

Augier, assis à son bureau, finit de gratter le trait d'encre inopportun du dessin de l'oiseau à la lame de rasoir. Sa main tremble légèrement.

Il contemple le résultat : le trait semble ne jamais avoir existé. Mais le ventre de l'oiseau est à refaire.

Il remonte ses lunettes sur l'arête de son nez, reprend une plume, qu'il trempe dans un pot d'encre.

Le dessin

La plume tremble un peu au-dessus de la feuille.

Augier scrute sa main, comme pour lui intimer l'obéissance.

La main s'immobilise.

La plume se pose sur la feuille, et trace une fine courbe.

Augier pose sa plume sur le bureau.

Il contemple le dessin noir et blanc…

… puis le compare avec son dessin d'enfant.

Mis à part les couleurs, les dessins sont identiques.

Augier sourit un instant… puis son sourire s'efface.

21 – INT/JOUR – VILLA AUGIER – SALON

Augier déjeune avec Laetitia.

Il suce un os de poulet. Il ne voit pas…

… que Laetitia l'observe d'un air un peu écœuré.

Il la regarde.

Elle change d'expression et sourit.

Laetitia : ça va ? C'est bon ?

Augier acquiesce.

Le dessin

Augier : manger, je veux dire « bien manger », est un plaisir. Cuisiner, c'est autre chose… J'ai été cuistot dans un boui-boui à Porte de Clichy, quand j'étais jeune. Ils m'ont vite fichu dehors…

Laetitia : vous avez eu beaucoup d'emplois différents ?

Augier : disons quelques-uns. Mon père voulait que je sois métallo. Je viens du Nord… Il a failli y arriver, mais je me suis reconverti, sur le tard on va dire.

Augier continue de manger.

Laetitia : et ?

Augier : et quoi ?

Laetitia : en quoi vous vous êtes reconverti ?

Augier : devinez.

Un temps.

Laetitia : je ne sais pas.

Augier : En Dieu.

Laetitia : … en quoi ?

Augier : Dieu.

Un temps.

Augier : un faiseur de paradis.

Laetitia : je ne vous suis pas.

Le dessin

Augier (malicieux) : les voies du Seigneur sont impénétrables.

Laetitia reste en arrêt en regardant Augier. Puis, nerveuse, elle continue de manger.

Augier cherche à couper une aile de poulet. Il tremble un peu.

Laetitia se lève et lui coupe le morceau.

Augier : merci. (un temps) Vous savez, ces immenses affiches qu'on voit devant les terrains à bâtir ? Ces pancartes qui montrent comment la résidence sera belle quand elle sera terminée… comme le soleil dardera éternellement sur elle ses splendides rayons… comme les habitants seront heureux d'y vivre, de promener leur enfant ou leur chien alentour… ? On appelle ça des « visuels immobiliers ». Vous voyez de quoi je parle, n'est-ce pas ?

Laetitia : oui… Tenez, vous pouvez manger maintenant, je vous ai tout bien coupé.

Elle se rassoit.

Augier : et bien, j'ai conçu quelque sept cent de ces affiches.

Laetitia : … ah ? C'est vrai qu'elles… sont parfois impressionnantes, ces affiches… Il y en a de magnifiques.

Le dessin

Augier : vous trouvez ? Vous avez de drôles de goûts… Pour tout vous dire, j'en ai fait très peu en France. J'ai surtout travaillé à Madrid. J'avais ma société là-bas avec un ami espagnol.

Laetitia : et vous avez gardé des modèles de vos travaux ?

Augier : j'ai tout fait archiver dans un centre, en banlieue parisienne. Ce n'est pas vraiment du Hopper, vous savez. Vous n'auriez pas envie d'en voir plus de cinq d'affilée… (un temps) En réalité, tout ce que mon métier m'a rapporté est autour de nous. C'est tout ce que je lui demandais, et c'est tout ce que j'en ai eu…

Un peu gênée par cette confession impromptue, Laetitia détourne le regard et mange.

Il remarque son embarras.

Un temps.

Augier : un café ?

Laetitia : je vous prépare ça.

Augier : vous n'en prenez pas ?

Laetitia : et bien, c'est-à-dire… il faut que je pense à acheter de la saccharine…

Augier : prenez-le sans sucre !

Laetitia : trop amer.

Le dessin

Augier (amusé) : alors à l'entretien hier, vous vous êtes forcée ? Pour faire bien ?

Elle détourne le regard, gênée.

Augier : je vous propose un truc : prenez un café sucré avec moi et on élimine les calories en trop avec une petite promenade digestive au parc Bargoin, à Chamalières. C'est un très joli parc, à quinze minutes d'ici en voiture. J'ai l'habitude de dessiner là-bas chaque été.
Laetitia : … pourquoi pas.

Souriant, il la suit des yeux alors qu'elle se lève pour débarrasser.

22 – EXT/JOUR – CHAMALIÈRES – PARC BARGOIN

Une après-midi ensoleillée au parc Bargoin. En cette mi-août, quelques familles finissent de pique-niquer sur les pelouses verdoyantes, entourées d'arbres divers. Des enfants jouent et rient, observent les animaux du parc, moutons, lapins, écureuils…

Augier et Laetitia marchent sur une pelouse. Elle lui donne le bras. Il tient un cahier à dessins. Il s'arrêtent à une quinzaine de mètres d'une famille en train de pique-niquer : un couple d'une trentaine d'années et

Le dessin

leurs deux petites filles.

Augier : c'est eux.

Il ouvre son cahier à dessin et montre à Laetitia une illustration crayonnée représentant la même famille en train de jouer au ballon. Le dessin est à la fois sobre et élégant. Il tourne les pages avec une certaine satisfaction. D'autres illustrations de cette famille suivent, pique-nique, sieste…

Augier : qu'est-ce que vous en pensez ?

Laetitia (sèche) : vous n'avez pas l'impression de voler la vie des gens ?

Augier : mais… quel drôle de raisonnement… un peu primitif, non ? Ça fait belle lurette que même les Indiens d'Amérique savent qu'on ne prend pas leur âme en les prenant en photo.

Laetitia : alors il faut croire que je suis primitive…

Etonné, Augier la regarde un temps. Elle fuit son regard, comme agacée. Il referme son cahier.

Augier : je dessinerai une autre fois. On continue par là ?

Elle acquiesce. Il lui reprend le bras. Ils reprennent leur promenade.

Le dessin

23 – EXT/JOUR – CHAMALIÈRES – PARC BARGOIN

Augier et Laetitia marchent le long d'une allée du parc. La tension semble être retombée. Augier se confie.

Augier : … ça a commencé par la main droite. Evidemment, je suis droitier. Mes doigts avaient tendance à se replier tout seuls, comme les pattes d'une araignée en train de mourir.

Laetitia a un gloussement.

Augier (sérieux) : ça vous fait rire ?
Laetitia : pardon. Je ne voulais pas… C'est l'image de l'araignée qui est…
Augier : décidément, vous avez un problème avec les images, mademoiselle.

Un bref temps de gêne. Puis les traits tendus d'Augier se décontractent. Il glousse comme un adolescent.

Augier : vous avez eu peur, hein ?

Elle sourit.

Laetitia : un peu, oui.

Le dessin

Il lui tapote amicalement la main.

Elle a un bref mouvement de recul. Son sourire devient rictus.

Cela a duré une seconde, mais Augier l'a vu.

Embarrassé, il éloigne sa main.

Laetitia se recompose un sourire. Mais le malaise est de nouveau là.

Ils reprennent la marche.

24 – INT/JOUR – VILLA AUGIER – ÉTAGE – BUREAU

Une feuille, des mots qu'on devine sous des ratures, suivis de petits dessins :

« Jean-François le pélican », près d'une esquisse raturée de tête de pélican.

« Les frères Sanglier », près d'une esquisse raturée de deux têtes de sangliers.

« Mamie Musaraigne »…

Agacé, Augier froisse la feuille et en fait une boule qu'il écarte. Il continue de chercher…

Le dessin

25 – INT/NUIT – VILLA AUGIER – CUISINE

Laetitia vide des assiettes dans une poubelle, sous le regard contrit d'Augier.

Augier : je crois que je vais laisser cette histoire de livre pour demain, sinon je ne vais pas dormir de la nuit.

Laetitia va vers l'évier et commence à faire la vaisselle.

Augier : dites-moi Laetitia, vous savez jouer au poker ?
Laetitia (étonnée) : non…

26 – INT/NUIT – VILLA AUGIER – SALON

UN INSTRUMENTAL À LA GUITARE DE « LES SABOTS D'HÉLÈNE » DE BRASSENS.

Augier et Laetitia sont assis à la table du salon. Il apprend des combinaisons de poker à la jeune femme.

Ils jouent quelques parties, sans mise. Augier gagne, content de lui, rit, cabotine. Laetitia sourit, circonspecte.

Le dessin

27 – INT/NUIT – VILLA AUGIER – SALON

Le jeu d'Augier tremble un peu entre ses mains.

Augier : si Pablo, mon ancien associé, nous voyait jouer, il hurlerait à l'hérésie. Pour lui ce n'est pas ça le poker. Lui c'est un puriste, un vrai de vrai. Ceci dit il a raison : les mises, les surenchères, le bluff, c'est vrai que c'est ce qui fait tout le sel de ce jeu... Bon, moi, jouer en comptant juste les points ça m'amuse aussi... Encore un pour moi et vous êtes bonne pour la plonge, Laetitia.
Laetitia : combien de cartes ?
Augier : deux.

Elle les lui donne.

Laetitia : vous devez vous sentir seul ici... Et votre famille ? On ne vient jamais vous voir ?
Augier : j'ai un frère qui vit dans la région lilloise. On ne se parle pas beaucoup. Et sinon quelques très bons amis en Espagne. De toute façon, depuis quelque temps, je n'apprécie plus tellement les visites. Ce n'est pas que je n'aime pas les gens... c'est qu'ils me fatiguent. (petit rire) D'ailleurs moi-même je me fatigue beaucoup... C'est à vous, ma chère.

Laetitia pose deux cartes et en prend deux dans le jeu.

Le dessin

Laetitia : et les gens de l'association ?

Augier : vous n'êtes plus dans le jeu Laetitia. À un moment décisif.

Laetitia : pardon.

Un temps.

Augier : j'ai pris mes distances avec les gens de « Familles Solidarités ». Trop de conflits internes. Ce qui ne les empêche pas de faire de très belles choses, attention.

Laetitia : et Florence ? Vous avez l'air de bien vous entendre…

Augier : Florence est d'une grande humanité. Une personne rare. Elle venait prendre une tisane de temps en temps… mais depuis qu'elle a rencontré quelqu'un je ne la vois presque plus. Mais… vous me trouvez reclus ?

Laetitia : je ne sais pas… pas forcément plus que d'autres personnes de votre âge.

Augier : de mon âge, comme vous y allez. Soixante-seize ans ce n'est plus si vieux de nos jours… Si ?

Laetitia fait un geste de la tête un peu embarrassé.

Augier : vous avez quoi ?

Le dessin

Elle montre son jeu.

Laetitia : deux rois.

Augier : une paire de rois… (il montre son jeu) Contre une paire de dames… Vous gagnez, un point de plus. Trois à neuf. Mais je reste à un point de la victoire.

Laetitia : vous gagniez souvent contre Safeta ?

Augier : oh oui. Autant vous dire qu'elle s'est régalée de me voir récurer les assiettes les rares jours où c'est arrivé.

Laetitia sourit poliment et distribue un nouveau jeu.

Augier : parlez-moi un peu de vous. Vous avez un amoureux ?

Un temps.

Laetitia : c'est vous qui n'êtes plus dans le jeu, là.

Augier : vous ne voulez pas me dire ?

Laetitia : j'ai un copain.

Augier : qui s'appelle… ?

Laetitia : Marc.

Augier : Marc comment ?

Laetitia : Marc Trapani. Trois cartes s'il vous plaît.

Le dessin

Augier lui donne les cartes.

Augier : et que fait-il dans la vie, ce jeune homme ?

Laetitia : il fait… un BTS de commerce international. Vous jouez ?

Augier : oui. Je vais en prendre deux…

Il prend les cartes.

Augier : il étudie encore… il a votre âge ?

Laetitia : vous avez quoi ?

Augier : une paire de dix…

Laetitia (cartes en main) : paire de huit. (souriante) Je vais donc faire cette vaisselle. Heureusement que je ne suis pas tombée dans une famille nombreuse.

Augier : oh, dans ce cas j'aurais sans doute acheté un lave-vaisselle, vous savez. Et puis du coup, je n'aurais peut-être pas eu l'opportunité de vous connaître…

Souriante, Laetitia range ses cartes au milieu du paquet et se lève pour aller dans la cuisine.

Augier la regarde partir.

Un temps.

BRUITS DE VAISSELLE, UN ROBINET QUI COULE.

Augier regarde le paquet de cartes.

Le dessin

Des cartes dépassent un peu du jeu ; celles que Laetitia a remises.

Il les prend et les examine.

Elle avait un brelan de dames.

Augier, intrigué.

28 – INT/NUIT – BUREAU AUGIER, au téléphone / SALON FLORENCE

Augier est assis devant une page web Google de son écran d'ordinateur.

Augier (murmure au téléphone) : Florence ? C'est Robert. Il n'est pas trop tard ? Bon… C'est au sujet de Laetitia… (un temps) Non, non, ce n'est pas ça… elle a l'air très bien, je veux qu'elle reste… mais je ne sais pas… ça a trait à sa personnalité… elle est un peu étrange, réservée… Qu'est-ce que tu sais d'elle ?

Sur l'écran, le nom « Laetitia Charpentier » tapé dans un moteur de recherche Internet. Augier fait « entrée ».

Augier (au téléphone) : … par une ancienne de l'association ?

Une liste de propositions pour « Laetitia Charpentier » s'affiche à l'écran.

Le dessin

La main un peu tremblante sur la souris…
… Augier clique sur la première proposition. Un texte apparaît.

Augier : excuse-moi une seconde.

Il s'approche de l'écran et lit :

« Lauréate du concours de poésie de Paris IV Sorbonne ».

Le texte d'une poésie…
… signée « Laetitia Charpentier, 1ère année de DEUG Lettres classiques ».

Augier, un temps surpris.

Puis une idée lui vient. Ses traits s'apaisent.

Augier : … oui, excuse-moi… (un temps) Ecoute, c'était juste de la curiosité. Cette jeune fille est un peu secrète, mais elle fait du très bon travail. (un temps) Non, non, je t'assure, je ne veux pas qu'elle parte. Oui… tout à fait…

À l'autre bout du fil, Florence est assise sur le canapé, près d'un homme, la cinquantaine, qui regarde la télévision.

Florence : parfait dans ce cas… (un temps) Vu que je t'ai sous la main, j'ai reçu un appel de ton avocate, tout à l'heure. Elle voulait encore des infos sur l'asso.

Le dessin

Augier : un problème ?

Florence : aucun. Tu sais, je ne vais pas m'en plaindre, mais je suis quand même étonnée que l'asso soit seule bénéficiaire de ton testament. Je veux dire, il y a bien quelqu'un dans ta famille, je sais pas, ton frère…

Augier : si tu veux bien on parlera de tout ça une autre fois. Je suis fatigué…

Florence : très bien, Robert… Je te souhaite une bonne nuit. Tiens-moi au courant au sujet de Laetitia, après tout, je ne la connais pas personnellement.

Augier : aucune raison de se faire du mouron. Encore une fois, c'était juste de la curiosité. Bonne nuit Florence.

Il raccroche.

Il lit la poésie sur l'écran, concentré.

29 – INT/NUIT – VILLA AUGIER – ÉTAGE – BUREAU

Augier s'est assis devant l'ordinateur et finit de lire sur l'écran.

Laetitia, assise près de lui, regarde tour à tour les illustrations au mur…

… « Leviathan » de Rackham et son monstre saurien nageant affamé…

… « Crow » de Rackham et son corbeau à l'affût…

Le dessin

Augier : « émue par le destin fatal de l'écarlate coléoptère, je me forgeai un Idéal et me muai en Jupiter ». C'est drôle. C'est vraiment bien.

Il se tourne vers elle.

Laetitia : merci.

Augier : et c'est tragique, aussi, ce sauvetage d'une coccinelle prise dans une toile d'araignée…

Laetitia acquiesce.

Augier : pourquoi ne pas me l'avoir dit plus tôt ?

Laetitia : … que j'ai écrit une poésie ?

Augier : oui… et que vous étiez lauréate d'un concours, à la Sorbonne qui plus est.

Laetitia : et bien… je ne sais pas. Ça ne m'est pas venu à l'idée…

Augier : douée comme vous êtes… pourquoi ne reprenez-vous pas vos études ?

Laetitia : à mon âge ? Je dois travailler.

Augier : il n'y a pas d'âge pour devenir soi-même vous savez.

Laetitia fait un geste de la main qui signifie « c'est comme ça ».

Le dessin

Un temps.

Augier se lève en s'aidant de sa canne, va vers Laetitia.

Augier : j'ai renoncé toute ma vie à faire ce pour quoi je suis né. Je voulais « travailler » moi aussi. C'est comme ça qu'on passe plus de trente ans de sa vie à dessiner des affiches débiles.

Laetitia, attentive.

Augier : … mais quelque part, dans un coin de ma tête, j'ai toujours gardé cette envie de faire un livre pour enfants. Au fil des années, j'ai dessiné des centaines, peut-être des milliers d'esquisses plus ou moins abouties, comme ça, pour le plaisir, qui ont presque toutes terminé à la corbeille… Et puis l'année dernière, le déclic : « on passe la barre des soixante-quinze ans mon vieux. On arrive au bout. C'est maintenant ou jamais… »

Laetitia : je comprends…

Augier : le problème, c'est que je ne suis pas doué pour raconter des histoires. Ce sont surtout les illustrations qui m'intéressent… Et avec mes fichus tremblements, j'ai besoin de me concentrer là-dessus. Du coup je me dis, « Laetitia est une fille intelligente, qui possède une excellente plume… et si je lui proposais de m'écrire une petite histoire que j'illustrerais ? ».

Le dessin

Laetitia, perplexe.

Augier : alors ? Qu'en dites-vous ?

Laetitia : je ne suis pas sûre… je ne crois pas que ce soit une bonne idée…

Augier : pourquoi donc ?

Laetitia : les poésies, c'est une chose, les histoires en sont une autre. Je ne sais pas raconter non plus, monsieur Augier.

Augier : vous rigolez ? La coccinelle et l'araignée… si ce n'est pas une histoire, qu'est-ce que c'est ?

Laetitia : je ne sais pas…

Augier : faites au moins une tentative. Je suis persuadé que c'est dans vos cordes. En guise de motivation, je vous verserai une prime supplémentaire sur votre salaire… Disons mille euros, sans compter les droits d'auteur éventuels si le projet aboutit. Alors ?

Laetitia : monsieur Augier…

Augier : Robert.

Laetitia : Robert… C'est gentil, vraiment, mais je ne pense pas…

Augier : je ne veux pas vous forcer la main. Laissez-vous le temps d'y penser, d'accord ? Et puis mille euros, ça peut être intéressant pour vous, non ?

Un temps.

Le dessin

Laetitia : bon, je vais y penser. Je ne vous garantis rien…
Augier : très bien.

Elle se lève.

Laetitia : bonne nuit monsieur Au... Robert.
Augier : bonne nuit Laetitia.

Elle va franchir le seuil.

Augier : je suis convaincu que vous avez l'âme d'une conteuse. Ce pourrait être le début d'une grande carrière, qui sait ?

Elle se tourne vers lui, acquiesce sans conviction, puis sort.

30 – INT/NUIT – VILLA AUGIER – ÉTAGE – CHAMBRE AUGIER

LE BRUIT MAT D'UN OBJET QUI TOMBE AU SOL sort Augier de son sommeil.
L'obscurité de la chambre.
Augier se lève.

Le dessin

UN BRUIT FAIBLE, COMME UN OBJET GLISSANT SUR UN AUTRE.

Augier, lentement, s'appuyant sur une commode, va vers la porte de sa chambre et l'entrouvre discrètement.

31 – INT/NUIT – VILLA AUGIER – ESCALIER

Augier se tient sur le seuil de l'escalier, en haut des marches. Il regarde en contrebas, vers le salon.

Une petite lampe du salon est allumée, éclairant discrètement la pièce.

Laetitia, de dos, cherche quelque chose dans une bibliothèque.

Augier, intrigué.

Elle prend un livre, semble le feuilleter un instant.

Elle se tourne, de profil.

Augier regarde la couverture, d'un rouge écarlate caractéristique.

Laetitia éteint la lampe.

Augier rebrousse chemin vers sa chambre.

32 – INT/NUIT – VILLA AUGIER – CHAMBRE LAETITIA

Laetitia, l'air inquiet, tape un texto sur son téléphone.

Le dessin

Au-dessus d'elle, le tableau « Man on bench » de Pippin.

« Les trois mousquetaires » d'Alexandre Dumas, posé près d'elle.

Soudain, une PLAINTE fait tressaillir la jeune femme.

Augier pousse des gémissements pendant son sommeil, comme des petites touches de désespoir.

Les plaintes cessent.

Laetitia attend, intriguée… puis elle reprend la rédaction de son texto.

33 – INT/NUIT (petit matin) – ENTRÉE VILLA AUGIER

Laetitia, vêtue de son blouson, coiffée de son éternel chignon, sort de la villa.

34 – EXT/NUIT (petit matin) – ROUTE DE CAMPAGNE

La voiture de Laetitia roule sur la route.

35 – EXT/NUIT (petit matin) – BEAUMONT – ENTRÉE HÔTEL

Laetitia sort de voiture et passe la porte d'un petit hôtel

Le dessin

du genre Formule 1.

36 – INT/NUIT (petit matin) – BEAUMONT – HÔTEL – CHAMBRE

Laetitia referme doucement la porte d'une petite chambre plongée dans l'obscurité.

UN LÉGER GÉMISSEMENT FÉMININ.

Laetitia allume une veilleuse.

Elle se tourne vers un lit où dort une femme au visage plongé dans la pénombre. Près du lit, une béquille contre le mur.

Laetitia s'approche de la femme et pose sa main sur la sienne. La femme gémit à nouveau, s'agite. Laetitia ôte sa main.

37 – INT/NUIT (petit matin) – BEAUMONT – HÔTEL – CUISINE

Laetitia ouvre un frigo, où s'entassent plusieurs boîtes *tupperware* remplies d'aliments préparés. Elle prend du beurre et une brique de jus d'orange qu'elle pose sur un plateau, puis elle referme le frigo.

Elle ouvre un placard empli de victuailles pour y prendre du pain de mie, des biscottes.

Elle prépare un petit déjeuner, ainsi qu'un médicament avec un verre d'eau.

Le dessin

Elle pose le plateau du petit-déjeuner préparé sur une table de chevet, regarde une dernière fois la femme endormie, éteint la veilleuse, met son blouson et sort.

38 – INT/NUIT (matin) – VILLA AUGIER – CUISINE

Laetitia fait la vaisselle. Augier s'assied à la table de la cuisine, devant son petit déjeuner et son traitement.

Augier : vous avez pu réfléchir à ma proposition ?

Laetitia, désarçonnée.

39 – INT/JOUR – VILLA AUGIER – SALON

Augier est debout devant un placard ouvert, rempli de matériel de dessin. A quelques pas, Laetitia, près d'une commode au tiroir ouvert, passe l'argenterie au Miror avec un chiffon.

Augier : qu'est-ce que j'ai fait de ce pinceau, bon Dieu. Oh, excusez-moi… vous êtes peut-être croyante ?
Laetitia : non.
Augier : ah. Bien… (un temps) C'est peut-être Safeta qui l'a rangé ailleurs… (à Laetitia) Vous savez, ce service ne me sert plus depuis des années…

Le dessin

Laetitia : raison de plus pour l'entretenir.

Augier : tout ce que vous voulez, tant que vous n'oubliez pas que vous consacrez votre après-midi à l'écriture.

Elle acquiesce.

Augier : c'est très gentil à vous d'avoir accepté, Laetitia.

Laetitia, sans le regarder, semble chercher ses mots.

On SONNE à la porte d'entrée.

Augier fait signe à la jeune femme d'aller ouvrir. Elle s'exécute.

Painon se tient sur le seuil, sérieux. Voyant Laetitia, son visage s'éclaire.

Painon : bonjour.

Laetitia : bonjour monsieur.

Painon : je viens voir Robert.

Laetitia (gênée) : entrez.

Augier : ah, Olivier. Du nouveau ?

Painon entre. Laetitia ferme la porte.

Painon rejoint Augier et lui serre la main.

Painon : je te dérange ?

Le dessin

Augier : non, mais je vais avoir du travail. Alors ?

Painon : on a coincé le chauffard hier soir, celui qui a heurté Safeta.

Augier : c'est vrai ? Très bonne nouvelle !

Painon : c'est un bosniaque qu'on a pris en flag de cambriolage, au centre-ville. On a retrouvé la fameuse camionnette dans son garage, avec une photo de Safeta dans la boîte à gants.

Augier : qu'est-ce que c'est que cette histoire… ?

Painon : on se pose des questions, vu que lui et la victime viennent de l'Est.

Augier : Safeta est roumaine, pas bosniaque.

Painon : je sais, je viens de lui rendre visite.

Augier : qu'est-ce qu'elle t'a dit ?

Painon : rien de plus. Du coup je suis venu te demander : est-ce qu'elle t'a déjà parlé un peu de sa vie, de sujets qui pourraient faire penser qu'elle est ou a pu être liée à un réseau de prostitution ?

Augier : … pas à ma connaissance. Et puis elle n'a jamais été particulièrement loquace.

Painon : c'est le moins qu'on puisse dire. Ecoute, si tu te rappelles de quelque chose, passe-moi un coup de fil, OK ? Je dois filer déjeuner, j'interroge le bosniaque cet après-midi.

Augier : tu n'as qu'à déjeuner avec nous.

Le dessin

Painon a un début de sourire.

40 – INT/JOUR – VILLA AUGIER – SALON

Painon est assis à la table du salon, face à Augier et Laetitia. Ils terminent leur assiette. La télé est allumée et diffuse le journal de treize heures.

Augier : tout de même, c'est bien étrange cette histoire de photo…

Painon : pour moi c'est limpide. Un coup prémédité, juste le mobile à trouver. Je mettrais ma main à couper que c'est une histoire de prostitution, mais Safeta nie catégoriquement. Après, est-ce qu'elle me dit la vérité ?

Augier : je ne l'ai jamais surprise à mentir sur quoi que ce soit.

Painon : ou alors c'est une histoire de vengeance liée à des clans. C'est le genre de choses qui arrive dans ces pays-là.

Laetitia se lève et propose timidement :

Laetitia : salade de fruits, café ?

Painon : un café bien fort pour moi s'il vous plaît, histoire de me mettre en jambes pour tout à l'heure. Merci.

Augier : pour moi aussi. Merci Laetitia.

Le dessin

Laetitia : je vais les mettre en route.

Laetitia part dans la cuisine.
Painon la suit des yeux, à la fois intrigué et charmé.

Augier (plus fort, plaisantant, à Laetitia) : vous avez pensé à prendre de la saccharine ? Histoire de partager ce moment avec nous ?

Laetitia (off) : oui…

Augier (plaisantin, à Painon) : et ce bosniaque ? Tu vas nous le cuisiner à coups de bottin ?

Painon : Jamais de la vie. On n'a plus de bottins depuis Internet.

Augier rit de bon cœur.

Painon : ce travail dont tu parlais tout à l'heure, c'est quoi ? Tu as repris le bénévolat ?

Augier : non, non. C'est un projet de livre pour enfants.

Painon : je ne savais pas que tu aimais dessiner pour les enfants.

Augier : moi non plus avant. Je vais travailler avec Laetitia, qui écrit très bien.

Laetitia revient à ce moment. Painon lui lance un regard d'une certaine intensité.

Le dessin

Painon : j'ignorais que vous écriviez, Laetitia…

Elle sourit nerveusement et fait un geste de dénégation.
Il la fixe en souriant, de plus en plus charmé. Puis, à Augier :

Painon : j'ai un autre projet à te proposer : un poker avec Juju et Christian ce dimanche. Tu en es ?

Augier : priorité au livre. Une autre fois, peut-être.

Painon : ça me ferait plaisir. Et ça te changerait les idées.

Augier : ne m'en veux pas mon grand, mais en ce moment seuls mes pinceaux Léonard et la présence rafraîchissante de la jeune personne ici présente sont susceptibles de me changer les idées.

Painon a un sourire déçu.
Laetitia fait un petit sourire nerveux, se verse un verre d'eau pour garder contenance.

Painon (à Laetitia) : et vous Laetitia ? Vous savez jouer ?

Augier (sec, à Painon) : mieux que toi. Mais elle a réservé son dimanche pour notre livre, et tous ceux d'après, d'ailleurs, jusqu'à conclusion du projet.

Painon soupire.

Le dessin

Painon : alors je n'insisterai pas. (à Laetitia) Un autre jour, si ça vous tente…

Laetitia : non, je ne pense pas. Je ne suis pas très jeux. Mais je vous remercie.

Painon : Robert dit que vous jouez bien. On ne peut pas bien jouer sans aimer jouer. C'est comme tout…

Augier (à Painon) : ça dépend. J'ai très bien bossé pendant trente ans sans vraiment aimer mon travail.

Painon : oui, mais regarde ce que ça t'a rapporté.

Augier : cette maison, effectivement, et deux divorces.

Painon, amusé.
Laetitia, étonnée, regarde Augier…
… qui s'intéresse à présent aux images de la télévision…
… montrant les rues de village d'un pays du Moyen-Orient.

Le journaliste (off) : selon les autorités locales, les terroristes de Daech ont attaqué le village et ont assassiné plusieurs centaines de Yézidis dans cette zone du Kurdistan Irakien.

Augier, concentré.

Le journaliste : … plusieurs milliers d'habitants ont pris la fuite pour échapper aux massacres, tandis que de nombreux autres ont été pris en otage par les

Le dessin

terroristes…

Augier secoue la tête, consterné.

Augier : pauvres gens…

Le regard lourd de Laetitia sur lui.

Augier prend la télécommande et change de chaîne. Il se tourne vers elle.

Augier : vous nous apportez la salade de fruits s'il vous plaît Laetitia ?

Elle reste un bref instant sans réagir, en le regardant.

Ce regard n'échappe pas à Painon.

Elle se lève et va dans la cuisine.

Painon regarde Augier, qui fixe la télévision.

41 – INT/JOUR – VILLA AUGIER – CUISINE

Le visage fermé, Laetitia ouvre le frigo.

Elle reste un moment devant le frigo ouvert.

Elle prend le saladier avec la salade de fruits.

Soudain, elle lève le saladier au-dessus de sa tête et, dans un accès de rage, elle le jette. FRACAS du saladier qui éclate en morceaux contre le carrelage.

Le dessin

Un temps, durant lequel, dans un état second, elle observe…

… les morceaux de fruits éparpillés au sol.

Painon entre, inquiet.

Painon : vous n'avez rien ?
Laetitia : non… ça… a glissé…

Laetitia, embarrassée.
Painon mesure l'étendue des dégâts.

Augier (off) : il reste des yaourts ?

42 – INT/JOUR – VILLA AUGIER – ENTRÉE

Painon enfile son blouson.
LE BRUIT DE MORCEAUX DE VERRE QU'ON BALAIE SUR LE CARRELAGE, depuis la cuisine.

Augier (off, depuis la cuisine) : ne faites donc pas cette tête, Laetitia. Ça arrive même aux meilleurs…

Augier sort de la cuisine, appuyé sur sa canne. Il rejoint Painon.

Painon : merci pour le repas. Je passe te voir quand j'ai du nouveau.

Le dessin

Augier : ou passe-moi un coup de fil, plutôt.

Painon fait un sourire en demi-teinte.

Painon : appelle-moi si tu changes d'avis pour dimanche. Ça me ferait vraiment plaisir.

Augier : à bientôt, Olivier.

Ils se serrent la main. Augier referme la porte derrière Painon.

43 – INT/JOUR – COMMISSARIAT BEAUMONT – BUREAU PAINON

Painon est maintenant assis à son bureau et tape sur le clavier de son ordinateur. Assis en face de lui, ALMIR, un bosniaque d'une trentaine d'années, nerveux. A un bureau voisin, JOUAN, un policier, la trentaine, classe des papiers et toise Almir de temps à autre.

Painon : tu vois pas que tu passes pour un con, là ? L'épicier t'a reconnu. On a retrouvé la photo de la femme dans ta voiture. On sait que c'est toi. Pourquoi t'as fait ça ?

Almir (avec un accent de l'Est) : c'est pas moi. Je sais pas comment cette photo elle était là. Je te jure. C'est un ami qui m'a emprunté la camionnette, un français. Il

Le dessin

voulait récupérer des choses pour sa mère. Je pouvais pas savoir il allait faire ça…

Painon : et comment il s'appelle ton ami ? Il vit où ?

Almir : François. Mais il est pas d'ici, il vit à Paris je crois.

Painon : François le français… t'as été la chercher loin celle-là. Conneries. L'histoire, c'est que cette fille, toi ou un de tes copains qu'on finira bien par choper, vous vouliez la prostituer. Vous l'avez faite venir ici pour ça. Mais elle s'est enfuie pour se trouver un boulot plus sympa. Alors vous avez voulu la punir. Oui ?

Almir : je connais pas cette fille. Je te jure. Je voulais aider un ami, c'est tout. Je me suis fait arnaquer.

Painon a un soupir agacé. Il tape sèchement la déposition d'Almir.

44 – INT/NUIT – VILLA AUGIER – SALON

Un JINGLE DE RADIO NOSTALGIE émis depuis le poste de radio de la table du salon…
… où Augier, assis, dessine. Sa main tremble légèrement alors qu'il s'applique sur un cahier.

LE SON DE PUBLICITÉS.

Laetitia, assise sur le canapé, tient un carnet et un stylo.

Elle regarde « Soir », le tableau de Breton accroché au mur…

Le dessin

… cette paysanne assise dans un champ, non loin de ses semblables, dont on ne sait si elle est rêveuse ou désabusée…

Augier regarde Laetitia, suit son regard des yeux…
… et aperçoit le tableau.

Augier : je crois qu'elle ressent le poids de son existence. Et vous ?

Laetitia le regarde, puis regarde à nouveau le tableau.

Laetitia : … peut-être qu'elle pense… à la vie qu'elle aurait pu avoir. L'autre…

Augier regarde le tableau tout en lui répondant :

Augier : vous savez, je suis vraiment content de vous avoir délégué cette tâche d'écriture. Je vous avoue que ça me soulage, moi, d'un grand poids de mon existence.

Laetitia sourit.

Augier : je vous trouve l'expression plus sereine quand vous écrivez… vous devriez le faire plus souvent.
Laetitia : ah bon ? D'habitude je suis… ?
Augier : … tendue.
Laetitia : tendue ? Non.

Le dessin

Augier : écoutez Laetitia, je ne veux pas jouer les fouineurs… je ne connais pas votre vie, vos problèmes… mais je sens qu'il y a quelque chose qui ne va pas. Si vous avez besoin de parler à quelqu'un…

Laetitia : tout va bien, je vous assure.

Il acquiesce, visiblement pas convaincu.

Augier : bon… quoiqu'il en soit, j'ai pensé qu'un petit pique-nique au soleil du parc Bargoin demain midi pourrait nous inspirer. Qu'en dites-vous ?

Laetitia : c'est une bonne idée.

Augier : pas aussi bonne que celles que vous êtes en train d'avoir, j'en suis sûr. Racontez-moi un peu…

Laetitia : je ne sais pas si ça peut faire une histoire, mais je pense à des personnages… à des couples : un être humain et un animal…

Augier : de quel genre ?

Laetitia : un Inuit et un ours polaire…

Augier : oui… ?

Laetitia : … une petite fille et un crocodile… un chasseur africain et une girafe… je ne sais pas…

Augier : une petite fille et un crocodile… c'est bien…

Laetitia : ça vous inspire ?

Le dessin

Augier : en tout cas ça me donne tout de suite des envies de dessin. Je veux bien que vous me trouviez une histoire avec ces personnages-là.

Laetitia : d'accord…

Elle retourne à son carnet.

A la radio, les PREMIÈRES MESURES DU « PETIT BOIS DE SAINT AMAND » DE BARBARA. Laetitia fredonne : « y'a un arbre je m'y colle, dans le petit bois de Saint-Amand… ».

Augier : vous aimez Barbara ?

Laetitia : oui. Ma… ma mère l'écoutait beaucoup quand j'étais petite…

Augier : moi aussi j'aime bien.

Augier fredonne, puis il cesse…

Il entend un GRÉSILLEMENT DÉSAGRÉABLE.

Il tourne le bouton de fréquence de la radio. Le grésillement disparaît.

La chanson recommence. Augier fredonne à nouveau.

Le GRÉSILLEMENT revient, lui gâche son plaisir.

Agacé, il éteint.

Laetitia le regarde étonnée.

A sa surprise, Augier entend toujours le GRÉSILLEMENT, qui s'amplifie.

Le dessin

Il débranche le poste de radio… mais le grésillement continue.

Augier : ce n'est pas possible…
Laetitia : qu'est-ce qu'il y a ?
Augier : le bruit, là… vous entendez ?

Elle fait un signe de dénégation.
Le GRÉSILLEMENT CONTINUE, il pourrait venir de n'importe où.
Soudain, il augmente et devient un BRUIT DE CRÉCELLE.
Augier, pris de vertige, s'appuie sur la table…
… quand le bruit cesse aussi vite qu'il est apparu.

Laetitia : monsieur Augier ? Ça va ?

Augier s'assied, pâle.
Laetitia, perplexe.

45 – INT/NUIT – VILLA AUGIER – SALLE DE BAINS

Augier se nettoie les oreilles avec un coton-tige en se regardant dans le miroir.
Longuement.

Le dessin

46 – INT/NUIT – VILLA AUGIER – ÉTAGE – CHAMBRE LAETITIA

Une PLAINTE fait se dresser Laetitia sur son lit, alors qu'elle dormait.

Les GÉMISSEMENTS D'AUGIER franchissent la cloison.

Puis le silence.

Augier (off, effrayé) : Laetitia ?

Un temps, durant lequel Laetitia reprend ses esprits.

Puis elle se lève et enfile une robe de chambre.

47 – INT/NUIT – VILLA AUGIER – ÉTAGE – CHAMBRE AUGIER

Laetitia entre dans la chambre d'Augier.

Laetitia : monsieur Augier ?

Il s'est redressé sur son lit, en pyjama. Il ne porte pas ses lunettes. Il a l'air effrayé, vulnérable.

Laetitia le regarde, muette.

Le dessin

48 – INT/NUIT – VILLA AUGIER – ÉTAGE – CHAMBRE AUGIER

La lumière d'une lampe de chevet allumée. Augier s'est appuyé contre son oreiller. Il masse doucement sa jambe droite. Laetitia est assise sur un tabouret, près de lui. Elle l'écoute.

Augier : … petit, je faisais un cauchemar qui revenait tout le temps… comme des visions… C'était un spectre. Un spectre terrifiant qui m'attendait, derrière une porte… Je savais que cette horrible chose était là, mais je ne pouvais pas m'empêcher d'ouvrir cette porte… Et le pire, c'est que lorsque je me réveillais enfin, j'étais convaincu qu'il était toujours là, à attendre derrière la porte…

Laetitia, attentive. Son regard va sur la jambe qu'Augier est en train de masser.

Laetitia : ça vous fait mal ?

Augier : non. Juste des fourmis. Un souvenir de Madrid, du temps où j'y travaillais. Je traverse une rue pour aller à l'agence. Un motard, sur ma droite, me fait un signe que je ne comprends pas. Malgré tout j'avance… et de l'autre côté de la rue, une voiture déboule de nulle part et me fonce dedans. Impossible de vous décrire le choc. Une explosion…

Le dessin

L'expression de Laetitia s'est comme assombrie.

Augier : et vous ? Vous faites des cauchemars ?

Laetitia : comme tout le monde… (un temps) Vous voulez une tisane ?

Augier : Laetitia… pourquoi vous ne répondez jamais aux questions ?

Laetitia : mais… je vous ai répondu…

Augier : vous bottez en touche, vous éludez. Vous n'avez pas confiance en moi ?

Laetitia, mutique. Puis :

Laetitia : vous avez encore besoin de moi ?

Augier : non…

Laetitia : en cas de problème appelez-moi. Je vous souhaite une bonne fin de nuit, monsieur Augier.

Il acquiesce et, déconcerté, la regarde sortir.

Le dessin

49 – INT/JOUR – VILLA AUGIER – CHAMBRE AUGIER

Le matin à la fenêtre de la chambre d'Augier. Augier se lève péniblement.

Il enfile ses pantoufles et une robe de chambre, prend sa canne et sort.

50 – INT/JOUR – VILLA AUGIER – SEUIL DE LA SALLE DE BAINS

Augier ouvre la porte de la salle de bains sans frapper…
… au moment où Laetitia, nue, entre dans la douche.

Elle pousse un CRI en voyant Augier, et se couvre les seins et le sexe des mains.

Effrayé, Augier referme aussitôt la porte.

Il reste sur le seuil de la porte, choqué.

51 – INT/JOUR – VILLA AUGIER – CUISINE

Laetitia, tendue et visage fermé, entre dans la cuisine habillée et coiffée de son chignon.

Augier aussi s'est habillé. Il se tient debout devant le plan de travail. La main tremblante, il est en train de verser du jus d'orange dans un verre, près d'un autre verre où est resté un fond de son médicament. Il pose

Le dessin

le verre de jus d'orange sur une table, près d'une assiette avec deux tartines grillées, et regarde Laetitia un instant avant de désigner des yeux le petit déjeuner.

Augier : c'est pour vous.
Laetitia : pour moi ?
Augier : oui.
Laetitia : … merci.

Elle s'assied.

Il lui parle sans vraiment la regarder :

Augier : ce foutu cauchemar m'a complètement retourné… (un temps) Je ne savais pas que vous étiez dans la salle de bains…

Elle le regarde.
Il baisse les yeux.

Augier : je vous prie de m'excuser.

Elle acquiesce.
Il est sur le point d'ajouter quelque chose, puis y renonce.

Le dessin

52 – INT/JOUR – VILLA AUGIER – SALON

Sur la table du salon, le panier à pique-nique que Laetitia est en train de préparer.

Elle s'est accroupie devant un meuble bas dont elle sort quelques boîtes *tupperware* qu'elle pose sur le sol.

Elle aperçoit sur l'étagère du bas, près d'une boîte en métal, un paquet de vieilles BD. Elle en prend quelques-unes, regarde les couvertures : « Zig et Puce », « Les Pieds Nickelés », « Bibi Fricotin »...

Il y a aussi quelques vieux cahiers d'école jaunis que Laetitia feuillette, intriguée. Par la grâce de dessins enfantins, les cahiers ont été transformés en une BD amateur intitulée « Bidule et Roquet ». Les « couvertures » sont signées d'une écriture d'enfant : « par Bob & Am' ».

Laetitia repose les cahiers et ouvre la boîte en métal, qui contient un paquet d'enveloppes ouvertes dont dépassent des lettres. Sous les enveloppes, des photos.

Elle se retourne, vérifie qu'elle est seule, puis elle prend les photos pour les examiner.
Les premières sont de vieilles photos noir et blanc, avec Augier jeune et beau, dix-sept ou dix-huit ans.

Laetitia, comme fascinée.

Puis une autre photo noir et blanc : un enfant âgé d'une dizaine d'années en culottes courtes qui doit être Augier, l'air triste, est debout près d'un autre enfant

Le dessin

plus jeune, peut-être son petit frère à l'air aussi triste que lui, devant un pavillon de banlieue.

Ensuite des photos couleurs de Madrid dans les années soixante-dix, dont plusieurs avec un couple riant ou enlacé formé par Augier en beau quadragénaire et une belle brune trentenaire.

L'expression de Laetitia passe de la fascination à la colère.

On entend le BRUIT DE LA PORTE DU BUREAU D'AUGIER QUI S'OUVRE À L'ÉTAGE. Laetitia range tout et ferme le meuble en silence. Elle regarde vers l'escalier.

Augier (off) : Laetitia, n'oubliez surtout pas de prendre votre carnet avec vous.

Laetitia : je n'oublie pas.

Elle a dit cela d'une façon sourde.

53 – EXT/JOUR – CHAMALIÈRES – PARC BARGOIN

Le parc Bargoin, ensoleillé. Augier et Laetitia sont tous deux assis sous les grandes branches d'un frêne, lui sur une chaise pliable, elle sur l'herbe, autour d'une nappe sur laquelle se trouvent les restes du pique-nique. Augier tient un crayon, face à un chevalet sur lequel il a

Le dessin

ajusté un grand cahier à dessin au format paysage.

Augier : je me suis fixé deux grandes pages de croquis par jour. On sélectionnera ensemble les meilleurs pour mise au propre et on les mettra dans le dossier pour les éditeurs. Rapprochez-vous, Laetitia. Je vais dessiner pendant que vous me racontez.

Laetitia se lève, puis s'assied près d'Augier. Elle ouvre son carnet.

Laetitia : c'est l'histoire d'une petite fille qui se trouve dans une grande forêt, assise au bord d'une rivière…

Augier se tourne vers elle et l'observe.

Augier : pourquoi ne pas laisser vos cheveux lâchés au lieu de garder tout le temps ce chignon austère ?

Elle peine à cacher son agacement.

Augier : excusez-moi… c'est juste que je pense que ce qui est bien pour faire le ménage ne l'est pas forcément pour se laisser aller à raconter une histoire…

Laetitia regarde son carnet et fait mine de ne pas avoir entendu.

Augier (embarrassé) : donc… une petite fille…

Le dessin

Il esquisse une petite fille vêtue d'une robe de campagne assise sur l'herbe devant un cours d'eau.

Laetitia observe le dessin.

Bien qu'improvisé, le crayonné est fin et gracieux. Augier fait apparaître des arbres derrière la petite fille.

Augier : que c'est agréable de dessiner autre chose que des fenêtres de façades, des balcons fleuris et des trottoirs immaculés.

Laetitia regarde son carnet.

Laetitia : … un peu plus loin, un crocodile nage dans la rivière. Il gémit, car ses dents lui font mal. De loin, il aperçoit la petite fille et il a une idée. Il se dit : « cette petite fille est perdue. Je vais lui demander d'enlever les bouts de nourriture coincés entre mes dents qui me font tant souffrir. En échange, je la ramènerai chez elle. » Il va à la rencontre de la petite fille, qui prend peur en le voyant…

Augier : attendez, attendez, vous allez trop vite !

Près de la petite fille, il esquisse un crocodile. Laetitia regarde le dessin.

Laetitia : il est bizarre, votre crocodile…
Augier : qu'est-ce qu'il a de bizarre ?

Le dessin

Laetitia : je ne sais pas… il est trop sérieux, trop réaliste… Pourquoi vous n'essayez pas de faire quelque chose de plus marrant ? Dans le genre de cette vieille pub avec le crocodile et l'oiseau ?

Augier : quelle pub ?

Laetitia : c'était une campagne dentaire, je crois. Un oiseau nettoyait les dents d'un crocodile, qui faisait une drôle de tête. Je crois que c'est cette image qui m'a inspiré cette histoire.

Augier : ça me dit quelque chose…

Laetitia : c'était dans les hôpitaux, les…

Elle s'arrête net.
Un temps.

Augier : quoi donc ?

Laetitia : … quelqu'un que j'allais voir à l'hôpital, dans la salle d'attente, il y avait cette pub…

Le visage de la jeune femme se ferme.

Augier : quelqu'un de votre famille ?

Laetitia : … une amie. Mais c'est du passé…

Augier ébauche un geste pour la réconforter, puis se ravise.

Le dessin

Laetitia reprend contenance.

Laetitia : la petite fille accepte d'aider le crocodile, mais elle veut d'abord qu'il la ramène chez elle. Le crocodile accepte avec joie. Elle saute sur son dos et le voyage commence.

Augier : le voyage commence…

Il dessine la petite fille sur le dos du crocodile. On entend UN INSTRUMENTAL DE GUITARE DE « JE M'SUIS FAIT TOUT P'TIT » DE BRASSENS.

54 – PLUSIEURS SCÈNES

« JE M'SUIS FAIT TOUT P'TIT » DE BRASSENS continue. Les jours, les semaines, passent avec Augier et Laetitia travaillant au livre, déjeunant ou dînant, jouant au poker. En parallèle, les dessins successifs forment un dessin animé artisanal qui montre la progression de l'histoire de la petite fille et du crocodile.

Laetitia, gestes à l'appui, avec un certain enthousiasme, décrit une tempête à Augier. La petite fille et le crocodile affrontent de grosses vagues.
Laetitia mime une ligne bossue.
La petite fille et le crocodile tentent de franchir un barrage d'hippopotames.
Laetitia pose ses mains sur son ventre face à Augier qui

Le dessin

rit de bon cœur.

Sur une petite île dotée d'un palmier, le crocodile et la petite fille sont allongés sur le dos côte à côte, repus et le ventre gonflé, près de coquilles vides de noix de coco.

Satisfaction de Laetitia qui regarde les dessins.

Augier lit une page du carnet de Laetitia et lui sourit, très satisfait lui aussi de la tournure que prend l'histoire.

Au Parc Bargoin, les arbres ont commencé à se dénuder, annonçant l'arrivée de l'automne.

55 – INT/NUIT – VILLA AUGIER – ÉTAGE – CHAMBRE LAETITIA

La nuit. Laetitia, assise sur son lit et l'air inquiet, finit de taper un texto sur son téléphone. Puis elle essaie de lire « Les trois mousquetaires », en vain. Elle referme le livre et le pose près d'elle. Elle scrute le plafond, et se met à fredonner l'air de « Nantes » de Barbara.

56 – INT/NUIT – VILLA AUGIER – ÉTAGE – SEUIL CHAMBRE LAETITIA

Augier, en pyjama, un verre d'eau à la main, passe devant la porte de la chambre de Laetitia. Il l'entend

Le dessin

FREDONNER. Il s'arrête un instant devant la porte, écoute...

... puis il repart vers sa chambre.

57 – INT/NUIT (petit matin) – VILLA AUGIER – SALON

Laetitia sort de sa chambre, habillée et en blouson. Elle ferme doucement la porte à clé, puis se dirige vers l'escalier.

58 – INT/NUIT (petit matin) – BEAUMONT – HÔTEL – CHAMBRE

L'inconnue de la chambre d'hôtel, une sexagénaire corpulente vêtue d'un peignoir, aux traits méditerranéens et à l'air fatigué, prend son petit-déjeuner assise sur son lit. Devant elle, Laetitia branche un téléphone et un chargeur sur une prise murale.

La femme lance un regard désespéré vers Laetitia.

La femme : je veux sortir d'ici....

Laetitia finit de brancher le téléphone, se lève et va poser la main sur l'épaule de la femme.

Laetitia : bientôt...

Le dessin

59 – EXT/JOUR – CHAMALIÈRES – PARC BARGOIN

Au parc Bargoin, en fin d'après-midi. Jeux et rires d'enfants qui courent et font craquer au sol les feuilles mordorées. Laetitia marche avec Augier qui s'aide de sa canne. Souriant, il regarde les enfants jouer autour de lui.

Augier : un petit tour, ça inspire. Et ça empêche les idées noires de venir s'installer avec l'automne. N'est-ce pas Laetitia ?

Laetitia : pourquoi vous me dites ça ?

Augier : et bien, une jeune femme qui s'endort le soir en fredonnant « Nantes » de Barbara, ce n'est pas très courant… Le « petit bois de Saint-Amand », c'est quand même plus joyeux, non ?

Laetitia : vous m'avez entendue ? Désolée…

Augier (fredonnant) : « Y'a un arbre, je m'y cache… »

Laetitia : « Je m'y colle ».

Augier : ah, oui… « je m'y colle, dans le petit bois de Saint-Amand… » C'est une bien jolie chanson.

Laetitia : oui.

Augier : dites, et si vous vous y colliez ?

Laetitia : quoi ?

Le dessin

Augier : allez vous coller à cet arbre, là-bas. Je vais me cacher.

Laetitia : monsieur Augier…

Augier : Robert…

Laetitia : Robert… vous n'êtes pas un peu trop…

Augier : … jeune ? Sans doute. Allez, soyez sympathique… ça fait un moment que je n'ai pas joué à cache-cache…

Laetitia : monsieur…

Augier : Robert, enfin ! Allez, oubliez un peu vos soucis !

Elle soupire.

Laetitia : d'accord…

Elle va se planter devant un arbre.

Laetitia : un, deux…

Augier : jusqu'à cent, hein… je vous rappelle que je suis éclopé. Cent !

Laetitia : six, sept…

Augier, avec le regard excité d'un gamin, cherche la bonne cachette. Il demande à un enfant où se cacher. Amusé, l'enfant lui désigne un bosquet de cèdres, un

Le dessin

peu plus loin. Augier part à petits coups de canne sur le sol dans cette direction.

60 – EXT/JOUR – CHAMALIÈRES – PARC BARGOIN – BOSQUET

Augier se fraie un chemin entre les buissons.

61 – EXT/JOUR – CHAMALIÈRES – PARC BARGOIN

Laetitia, face à l'arbre.

Laetitia : cinquante-quatre, cinquante-cinq…

Elle soupire.

62 – EXT/JOUR – CHAMALIÈRES – PARC BARGOIN – BOSQUET

Augier avance à pas lents dans le bosquet. Sa RESPIRATION se fait plus forte, plus malaisée. Les cèdres encore feuillus ont laissé place à des arbres morts et gris, aux branches noueuses, torturées. Inquiet, Augier avise l'un d'eux, au tronc étique et desséché, peut-être pour se cacher. Mais, derrière le tronc, naît un

Le dessin

étrange halo phosphorescent... comme un spectre à l'affût.

Pâle, Augier recule, puis fait volte-face et part à petits pas.

Terrifié et essoufflé, il s'arrête, se retourne, porte une main tremblante à sa poitrine, tente de reprendre sa respiration en regardant alentour. Quelque chose attire son attention.

Une vingtaine de mètres plus loin, un homme chauve de dos, maigre et torse nu, les bras le long du corps, se tient immobile au milieu des arbres morts.

La RESPIRATION d'Augier, plus forte.

L'homme, de dos.

Le BRUIT DE CRÉCELLE, en sourdine.

Augier cesse de respirer.

Le BRUIT DE CRÉCELLE S'AMPLIFIE.

Le dos nu de l'homme.

Le BRUIT DE CRÉCELLE, FORT.

Un COUP DE FEU.

Augier tressaille. Il fait quelques pas en arrière...
... les arbres morts tournent autour de lui.

L'homme de dos se met à tourner aussi, avec les arbres morts.

Un nouveau COUP DE FEU.

Augier blêmit. Il se bouche les oreilles.

Le dessin

Un autre COUP DE FEU.

Augier fait quelques pas… chancelle et s'appuie contre un arbre.

63 – EXT/JOUR – CHAMALIÈRES – PARC BARGOIN – BOSQUET

Laetitia est entrée dans le bosquet. Elle cherche Augier.

Elle aperçoit quelque chose et s'arrête.

Un peu plus loin, un jeune homme chauve et torse nu soutient Augier qui est étendu à terre, livide.

Un instant, elle écarquille les yeux, pétrifiée. Terrifiée.

Le jeune homme l'aperçoit.

Le jeune homme : hé ! Venez m'aider ! Il a fait un malaise !

Laetitia réagit et les rejoint.

Laetitia (à Augier) : monsieur ! Ça va aller ?

Augier (faible) : les coups de feu…

Laetitia (effrayée) : quels coups de feu ? (au jeune homme) Vous avez entendu des coups de feu ?

Le jeune homme : non…

Laetitia (à Augier) : allez, venez, on va vous ramener. (au jeune homme) Vous pouvez m'aider à l'amener

Le dessin

jusqu'à la voiture ?

Le jeune homme acquiesce. Il prend un tee-shirt orné d'un caractère chinois dans un sac de sport et l'enfile. Laetitia et lui aident Augier à se lever et le soutiennent.

64 – INT/JOUR – VILLA AUGIER – ÉTAGE – CHAMBRE AUGIER

Augier se repose, yeux ouverts, étendu sur son lit. Il a repris des couleurs. La porte de la chambre est entrouverte.

65 – INT/JOUR – VILLAGE AUGIER – SALON

Dans le salon, Laetitia et Painon prennent un café.

Painon : … vous avez eu l'air aussi surpris de me voir que moi de vous voir tenir Robert.

Laetitia : je me suis dit que vous aviez peut-être du nouveau.

Painon : non hélas… le bosniaque est une tombe. Je venais juste rendre visite. Florence m'a dit que vous avez accepté de prolonger votre contrat ?

Laetitia : Safeta doit se reposer encore un peu. On va en profiter pour continuer le livre et peut-être même pour commencer à le proposer à des éditeurs.

Le dessin

Painon sourit.

Painon : qu'a dit le médecin finalement ?
Laetitia : il est en déplacement jusqu'à la semaine prochaine. Il m'a donné le nom d'un collègue au cas où, et il a prescrit du repos. Du repos dans le calme.

Painon approuve. Ils boivent une gorgée de café. Painon termine sa tasse.

Painon : vous ne vous ennuyez pas trop ici ? C'est un peu mort…
Laetitia : j'ai de quoi m'occuper vous savez, entre le livre, le ménage… (un temps) Vous avez fini votre café ?
Painon : oui. Il vous en reste ?

Elle fait « non » de la tête.

Painon : de toute façon il va falloir que j'y aille. Je vais aller saluer Robert…

Elle acquiesce avec un sourire formel, débarrasse et se dirige vers la cuisine.

Painon : Laetitia ?

Le dessin

Elle se retourne vers lui, un peu crispée.

Painon : je voulais vous dire, il y a une petite fête au centre-ville samedi soir. Il y aura un couple d'amis à moi, très sympa. Ça vous tente ?

Laetitia : non, je vous remercie.

Painon : sûre ?

Laetitia : oui, vraiment.

Painon : bon… c'était histoire de vous faire rencontrer un peu de monde…

Laetitia, de marbre.

Painon : si vous changez d'avis, faites-moi signe, d'accord ?

Elle fait un petit sourire désolé, puis part dans la cuisine.

Painon se lève et monte à l'étage.

66 – INT/JOUR – VILLA AUGIER – ÉTAGE – CHAMBRE AUGIER

Painon est au chevet d'Augier. Il a refermé la porte de la chambre.

Augier : tu as l'air plus souffrant que moi…

Le dessin

Painon : je viens de me prendre un râteau.

Augier : tu fais le joli-cœur alors que je suis à l'article de la mort ?

Painon : n'exagérons rien.

Augier : c'est la seconde fois qu'elle te dit non, il me semble. Tu as les mêmes défauts dans la vie qu'au poker, Olivier. Tu ne protèges pas ta main comme il faut.

Painon : c'est-à-dire ?

Augier : elle a un petit ami.

Painon : je n'ai pas osé lui demander. Je ne sais pas pourquoi, elle n'en a pas l'air…

Augier : heureusement que tu t'illustres mieux dans tes enquêtes qu'avec les femmes. Quoique sur cette affaire, tu n'avances pas beaucoup…

Painon : tu es encore plus drôle quand tu es malade.

Augier : je ne suis pas malade, j'ai fait un malaise, c'est différent. Et puis je n'ai pas ton âge, mon gars… En tout cas ça n'a pas l'air très sérieux avec ce « copain »… il n'appelle jamais.

Painon : ah.

Augier (sérieux) : tu sais, je m'inquiète un peu pour elle. J'ai l'impression qu'elle cache quelque chose. Quelque chose de grave. Chaque fois que j'essaie d'en savoir plus…

Painon : elle se referme ?

Le dessin

Augier : elle détale, oui.

Painon : mon genre, quoi.

Augier : laisse tomber mon vieux. Elle a des problèmes. Elle n'est pas pour toi.

Painon, à la fois déçu et intrigué.

67 – INT/NUIT – VILLA AUGIER – SALON

Augier joue aux cartes avec Laetitia à la table du salon.

Laetitia : vous avez quoi ?
Augier : paire de valets.

Laetitia montre son jeu : un full aux rois.

Augier : et bien, c'est vraiment terrible d'être diminué… vous avez gagné, Laetitia.
Laetitia : oui.
Augier : je vais donc faire la plonge.
Laetitia : mais non voyons. Vous venez de faire un malaise, vous n'allez pas…
Augier : tss-tss. C'est le jeu. Et puis je vais mieux.

Elle le regarde partir dans la cuisine.
Off, le BRUIT DU ROBINET QUI COULE.

Le dessin

68 – EXT/NUIT – VILLA AUGIER – ALLÉE DEVANT LA VILLA

Laetitia et Augier, chaudement vêtus dans la nuit fraîche, plantés face au chemin qui passe devant la villa, contemplent ...
… le ciel nocturne constellé d'étoiles.

Il se tient sur sa canne et a passé son autre bras autour de celui de la jeune femme.

Augier : … un soir je suis venu ici, et j'ai regardé le ciel comme on est en train de le faire. J'ai ressenti une grande émotion. J'ai eu terriblement pitié de nous, de nous tous. Commencer dans l'amour, finir dans la mort… Entre les deux, être forcés de faire des choses insignifiantes, vulgaires, terribles… des choses qu'on ne veut pas faire…

Laetitia (sèche) : on a toujours le choix.

Augier : le choix de ceux qui avancent dans un couloir que d'autres ont choisi pour eux… et qui s'imaginent être libres en longeant un mur plutôt qu'un autre…

Silence.

Augier : l'amour est une trappe cachée quelque part dans ce foutu couloir. Une petite trappe qui mène au-dehors, à l'air libre, où on peut respirer un peu. Mais il

Le dessin

ne faut pas la louper…

Laetitia veut rester de marbre face au spectacle de l'immensité.

Augier contemple le ciel.

Laetitia : et vous l'avez trouvée un jour, cette trappe ?

Augier : … Oui, je crois... pas une femme que j'ai épousée… elle m'a fait connaître le monde associatif, l' « humanitaire » comme on dit… (il sourit, amer) Elle a voulu me faire comprendre qu'on n'« aide » pas les autres, qu'on rend juste un peu de ce qu'on leur a pris. Je n'ai pas compris ce qu'elle voulait dire à l'époque… je la trouvais trop radicale, je me fâchais avec elle… mais elle avait raison. Elle avait raison… « Chaque homme est coupable pour tout et pour tous » a écrit Dostoïevski.

Laetitia (soudain grave) : et les femmes avec qui vous avez été marié ? Vous avez eu… des enfants ?

Elle le regarde, curieuse de sa réponse. Il semble intrigué par cette curiosité soudaine.

Laetitia : excusez-moi, je suis peut-être un peu trop…

Il a une sorte de soupir, puis retourne au spectacle du ciel tout en répondant d'une voix blanche :

Le dessin

Augier : non, pas d'enfants… (un temps) Vous savez, le week-end de Pâques, les gens d'ici organisent une fête, avec des fanfares, des chars, des défilés, des majorettes… Au bout des deux jours que dure cette fête, ils promènent un grand bouc en papier sur un char, et puis ils le brûlent. Ensuite, ils tirent un beau feu d'artifices.

Laetitia, perplexe.

Augier : vous savez d'où vient cette coutume ?
Laetitia : non…

Il la regarde.

Augier : au dix-neuvième siècle, selon la tradition, un bouc a pénétré dans l'église du coin, pendant la messe. Le curé, qui était en train de fustiger l'adultère, a été le seul à voir l'animal entrer. Il lui a crié : « toi, le cornard, sors d'ici ! ». Le cornard c'est le bouc, en patois régional, mais c'est aussi… le cocu. Les trois quarts des hommes présents se sont alors levés et sont sortis de l'église.

Laetitia esquisse un sourire.

Augier : moi aussi ça m'a fait sourire, la première fois qu'on me l'a racontée…

Le dessin

Il sourit aussi, mais d'un sourire désabusé.

Le sourire de Laetitia s'efface.

69 – INT/NUIT – VILLA AUGIER – ÉTAGE – CHAMBRE AUGIER

Augier dans son lit, éveillé.

Un GRÉSILLEMENT, faible, se fait entendre.

Le grésillement prend de l'ampleur et devient un BRUIT DE CRÉCELLE.

Augier ferme les yeux.

Le bruit cesse.

70 – INT/JOUR – VILLA AUGIER – ÉTAGE – BUREAU AUGIER

Augier est assis à son bureau, le visage fermé et las.

Il prend le téléphone et compose un numéro.

Augier : maître ? C'est Robert Augier. Je voudrais terminer notre petite bafouille.

Le dessin

71 – INT/JOUR – VILLA AUGIER – SALON

Laetitia aide Augier à enfiler son manteau.

Augier : … des papiers à revoir avec mon avocate, je pense en avoir pour une heure, une heure et demie. On n'aura qu'à se rejoindre au café d'en face, « le Bourg-Montagne ». Claude, le proprio, est très sympa.

Laetitia : je vais en profiter pour aller chez le coiffeur.

Augier : enfin ! On va peut-être avoir droit à autre chose que ce chignon désespérant.

Léger sourire de Laetitia.

72 – INT/JOUR – BEAUMONT – COMMISSARIAT – BUREAU PAINON

Painon est assis à son bureau, face à Almir. Jouan, adossé au mur, assiste à l'interrogatoire.

Painon (à Almir) : c'est ta dernière chance de faire bonne figure avant le procès. Qui a commandité l'agression ? Qui voulait que tu fasses du mal à cette fille ?

Almir : je vous ai dit ce que je sais. Je sais pas plus.

Jouan : tu as une femme et trois gosses, pas vrai ?

Le dessin

Surpris, Almir regarde Jouan.

Jouan : ils sont où ?

Almir, silencieux.

Jouan : moi je sais. Ils sont à Sarajevo. Dès que tu as été logé ici, tu as fait une demande de regroupement familial. Ah, vous perdez pas de temps vous autres !

Painon scrute Almir, qui est mal à l'aise.

Jouan : ce que tu sais pas, c'est que j'ai des amis à la préfecture. C'est eux qui m'ont donné des renseignements sur toi. Si je leur demande, ton dossier de regroupement familial, ils vont le faire traîner très, très longtemps. Ça sera pas difficile, vu ton casier. Tu sais ce que ça veut dire ?

Almir, crispé.

Jouan : tu verras plus jamais tes enfants. Tu verras plus jamais ta femme…

Jouan mime un geste de masturbation.
Almir baisse les yeux.
Painon fixe Almir.

Painon : alors ? Tu nous dis ?

Le dessin

Almir : l'argent… c'était pour eux…

Painon : pour qui ?

Almir : pour ma famille… pour les protéger.

Painon : les protéger de qui ?

Almir : … du chef.

Painon : quel chef ? C'est quoi son nom ?

Almir, silencieux.

Painon : quel chef ? Dis-nous ! Pense à ta famille, Almir ! On pourra peut-être s'arranger pour les faire venir ici, auprès de toi. Allez !

Almir lance un regard plein d'espoir vers Painon.

Almir : c'est vrai ce que tu dis ?

Painon : oui. Mais ça dépend de toi. De quel chef tu parles ?

Almir : … je peux pas dire son nom, sinon ils sont morts… c'est l'homme qui m'a fait venir ici. Je l'ai payé pour ça. Il m'a dit il me trouverait du travail… mais maintenant il m'oblige à voler. Il me dit si je vole pas il fera mal à ma famille, là-bas…

Painon note.

Le dessin

Painon : c'est lui qui t'a demandé de foncer en voiture sur la roumaine ?

Almir : non. C'est pas lui.

Painon : c'est qui ?

Almir : c'est une femme.

Painon : quelle femme ? Comment elle s'appelle ? Pourquoi elle t'a demandé ça ?

Almir : je sais pas. C'est quelqu'un que je connais qui m'a donné son téléphone.

Jouan : c'est qui « quelqu'un » ? Le chef ? Un mec de ta bande ?

Almir : non, un mec dans un taxiphone, à Pigalle. Mais je connais pas son nom.

Jouan : tu connais aucun nom… c'est bien…

Painon : et la femme, tu l'as déjà rencontrée ?

Almir : non. Mais je l'ai vue. Elle voulait pas que je la voie, mais je suis arrivé avant… je me suis caché. Je l'ai vue poser l'enveloppe dans la boite aux lettres…

Painon : à quoi elle ressemblait ?

Almir : quoi ?

Painon : de quoi elle avait l'air ? Grande, petite, brune, blonde ?

Almir : … brune. Grosse… elle avait l'air malade, elle avait un… bâton…

Jouan : quoi un bâton ? Une batte de base-ball ?

Le dessin

Painon : une canne ?

Almir : oui, voilà. Comme une canne.

Painon : tu lui as parlé ?

Almir : non. Elle est partie. J'ai pas parlé avec elle.

Painon : allez Almir, tu connais son nom. Dis son nom. Finis, maintenant que tu as commencé !

Almir : je vous jure sur mes enfants…

Painon et Jouan échangent un regard impatient.

73 – INT/JOUR – BEAUMONT – BUREAU AVOCATE

Augier est assis devant le bureau de Maître Chamain, une femme quinquagénaire. Il finit de lire un feuillet, qu'il tend à l'avocate.

Me Chamain : vous avez terminé ?

Augier : tout ça est clair et concis, comme j'aime.

Me Chamain : la directrice de cette association doit vous être très reconnaissante…

Augier (cabotin) : je vais vous faire une confidence : en fait, l'argent lui est destiné. L'association est une couverture pour éviter les taxes.

Le dessin

Me Chamain (amusée) : vous avez un drôle de sens de l'humour, monsieur Augier. Mais je suppose que c'est une bonne chose...

Augier : vous voulez dire, à mon âge ?

Elle glousse et lui tend la main.

Me Chamain : rendez-vous dans deux semaines avec vos deux témoins, pour la signature.

Ils se serrent la main.

74 – INT/JOUR – BEAUMONT – CAFÉ LE BOURG-MONTAGNE

Augier, assis à table non loin des toilettes, boit une tisane.

Laetitia entre dans le café.

Pour la première fois, ses cheveux longs et blonds, bouclés, tombent en cascade sur ses épaules.

L'apercevant, Augier reste en arrêt, fasciné par cette vision.

Elle avance vers lui, belle comme dans un rêve.

Assis devant son repas terminé et une bouteille de rouge bien entamée, Un HOMME quadragénaire en costume regarde Laetitia s'installer.

Le dessin

Laetitia s'assied en face d'Augier.

Laetitia : qu'est-ce qu'il y a ?

Augier, un temps muet, puis :

Augier : vous me rappelez quelqu'un… je suis incapable de dire qui…

Augier et Laetitia échangent un regard étrange.
Augier la regarde encore un instant, troublé.
Il s'appuie sur sa canne pour se lever.

Augier : vous m'attendez un instant ?

Elle acquiesce.
Il se dirige vers les toilettes. Laetitia le suit du regard.
Plus loin, l'homme se lève, va vers le comptoir et achète un paquet de cigarettes en regardant vers elle.

75 – INT/JOUR – BEAUMONT – CAFÉ LE BOURG-MONTAGNE - TOILETTES

Augier sort d'une toilette et va au lavabo.
Il se lave les mains, tout en se regardant dans le miroir.

Le dessin

Le bruit de l'EAU QUI COULE devient…
… un BOURDONNEMENT… tandis qu'il continue à se regarder dans le miroir.

Il ferme le robinet, en se regardant toujours dans la glace, mal à l'aise.

Le BOURDONNEMENT continue un instant…
… puis cesse.

Inquiet, il prend sa canne et sort.

76 – INT/JOUR – BEAUMONT – CAFÉ LE BOURG-MONTAGNE

Au moment où Augier revient dans le café, Laetitia, toujours assise, repousse les avances de l'homme en costume qui l'a abordée.

Laetitia : pour la dernière fois, foutez-moi la paix.
L'homme : … petite pute, va.

Laetitia le regarde, ébahie. Soudain elle se redresse en renversant sa chaise, attirant l'attention des clients.

Laetitia : c'est toi la pute avec ta cravate de pute, *barra nayek* !

L'homme, saisi.
Augier, interdit.

Le dessin

L'homme : répète !

Il saisit Laetitia par le poignet. Elle tente de le frapper mais il attrape son autre main. Des clients appellent au calme.

Augier agrippe le bord de la table, la respiration coupée.

Le BRUIT DE CRÉCELLE.

La rage déforme le visage de Laetitia.

CRIS DE FEMMES.

Laetitia échappe à l'étreinte de l'homme, va vers Augier, mais l'homme la suit pour en découdre. Augier s'avance et menace l'homme avec sa canne.

Augier : fous-lui la paix, connard !

L'homme saisit la canne et frappe Augier au visage. Les lunettes d'Augier s'envolent. Les murs tournent autour de lui. Il tombe à terre, le nez en sang.

Laetitia attrape un cendrier sur une table et jette son contenu à la figure de l'homme. L'homme recule en se frottant les yeux et en proférant des insultes. Des clients le ceinturent et l'éloignent, bientôt aidés par le patron du café.

Augier, au sol, tente de reprendre son souffle.

Le dessin

Les cris et insultes de l'homme se confondent…
… avec les CRIS ET LES INSULTES BELLIQUEUX D'UN GROUPE D'HOMMES.

On fait sortir l'homme du café.

Silence.

Laetitia, tremblante…
… aperçoit Augier toujours à terre, haletant, pâle.

Elle ramasse ses lunettes puis l'aide à s'asseoir, hagard, sur une banquette.

Elle prend une serviette en papier sur la table.
Délicatement, elle essuie le nez ensanglanté d'Augier.
Il respire mieux.

Le patron du café, de retour.

Le patron du café : mon pauvre Robert ! J'appelle le SAMU ?

Laetitia : pas besoin, merci… je vais m'en occuper.

Le patron du café : vous allez porter plainte ? Je peux témoigner.

Laetitia : on verra ça plus tard. Excusez-moi.

Elle récupère la canne d'Augier.

Ils sortent sous les regards.

Le dessin

77 – INT/JOUR – VILLA AUGIER – ÉTAGE – CHAMBRE AUGIER

Augier, las, est étendu sur son lit. Son visage a été nettoyé. Il a l'air d'aller mieux.

Laetitia (off) : oui, bonjour… ce serait pour avancer le rendez-vous. Monsieur Robert Augier. Oui… (un temps) D'accord pour lundi.

Laetitia raccroche.
Elle monte les escaliers, arrive dans la chambre et s'assied près d'Augier.

Laetitia : Ledoncet revient ce lundi. J'ai pris rendez-vous.

Augier : ça s'impose. Je passe un peu trop de temps dans ce lit, dernièrement… (un temps) Dites-moi, vous ne m'aviez pas dit que vous parlez arabe.

Laetitia : … ma meilleure amie du lycée était algérienne, elle m'a… elle m'a appris quelques insultes…

Augier a un petit rire, puis, sérieux :

Augier : je vais parler à Olivier. Il va s'occuper de ce minable qui agresse les jeunes femmes et les vieux.

Le dessin

Laetitia : ce n'est peut-être pas la priorité, Robert. Vous devez d'abord penser à votre santé. Je vais vous préparer une bonne tisane et vous allez vous…

A ce moment, le téléphone portable de Laetitia SONNE. Elle le prend et sort de la pièce un instant.

Augier regarde l'encadrement de la porte, intrigué. Il entend Laetitia présenter des excuses embarrassées.

Après quelques instants, elle revient.

Laetitia : un petit souci avec ma banque. Il fallait que ça arrive maintenant…

Augier : rien de grave, j'espère ?

Laetitia : non, mais je dois régler ça. Ça vous embête si j'y vais tout de suite ? Comme ça j'en profite aussi pour passer à la pharmacie vous prendre de l'aspirine.

Augier : allez-y, allez-y. On ne rigole pas avec les histoires d'argent.

Elle acquiesce et sort précipitamment.

78 – EXT/JOUR – BEAUMONT – PHARMACIE

Fébrile, Laetitia sort de la pharmacie un sachet en main et se hâte vers sa voiture.

Le dessin

79 – INT/JOUR – BEAUMONT – HÔTEL – RÉCEPTION

Laetitia entre dans l'hôtel, traverse le petit hall d'accueil et arrive devant le comptoir du réceptionniste qui croise les bras en l'apercevant.

Laetitia : je suis madame Charpentier, l'amie de l'occupante de la chambre cent-huit, vous m'avez appelée tout à l'heure. Quel est le problème ?

Le réceptionniste (agacé) : le problème c'est que depuis trois jours votre amie refuse d'ouvrir à la gouvernante qui doit changer les draps. Elle refuse aussi de répondre au téléphone. De plus elle pousse des cris stridents le jour comme la nuit et plusieurs clients se sont plaints. Si elle ne nous donne pas accès à la chambre aujourd'hui, ni ne cesse d'importuner nos clients avec ses cris intempestifs, j'appelle la police pour la mettre dehors.

Laetitia se colle au comptoir.

Laetitia : écoutez, n'appelez pas la police. Mon amie est souffrante, mais inoffensive. (elle montre le sachet de la pharmacie) Je viens de lui prendre son traitement et je vais le lui donner. Elle ouvrira à la gouvernante tout à l'heure et elle ne vous importunera plus, ni vous ni vos clients, je vous le promets.

Le dessin

Le réceptionniste la regarde d'un air dubitatif.
Laetitia sort deux billets de 50 euros de son portefeuille et les pose sur le comptoir.

Laetitia : est-ce que ça peut suffire pour faire pardonner le dérangement ?

Le réceptionniste regarde les billets, puis les prend.

Le réceptionniste : c'est comme je vous le dis. Encore un seul problème et c'est dehors.

Laetitia acquiesce avec un sourire crispé, puis elle part vers l'ascenseur.

80 – INT/JOUR – BEAUMONT – HÔTEL – CHAMBRE

Dans la chambre d'hôtel, Laetitia aide la sexagénaire aux traits méditerranéens à sortir des toilettes. La femme, très pâle, l'air maladif, s'appuie sur une béquille. Laetitia l'aide à s'asseoir sur son lit.

Laetitia : je t'ai amené ton médicament. A partir de maintenant, tu vas le reprendre tous les jours, matin et soir comme avant. C'est compris ?

La femme : oui…

Le dessin

Laetitia : et tu dois toujours ouvrir à la femme qui vient faire le ménage. C'est très important.

La femme soupire.

La femme : oui…

Laetitia : et tu ne dois plus crier. Plus jamais. Ni le jour, ni la nuit. Tu m'entends *khala* ?

La femme : oui, je t'entends…

Laetitia : … sinon ils vont appeler les flics.

La femme : Non. Il faut pas que les flics viennent ici.

Laetitia : alors fais ce que je te dis. C'est très important de ne pas attirer l'attention, tu sais bien.

La femme acquiesce.
L'air soudain vulnérable, les yeux brillants, elle prend la main de Laetitia.

La femme : j'en peux plus d'être ici, *yelli*… je fais des cauchemars… j'ai peur tout le temps… je veux sortir... (elle retire sa main et la lui montre) Regarde, je n'arrête pas de trembler, tout le temps… des fois je n'arrive plus à respirer du tout, j'ai l'impression que je vais mourir…

Laetitia : je t'avais dit, *khala*… tu devrais rentrer à la maison…

Le dessin

La femme : non. Je veux être ici, avec toi. Tu as besoin de moi.

Laetitia : alors prends ton médicament matin et soir, tous les jours à partir de maintenant.

La femme acquiesce, l'air triste.

Laetitia va dans la cuisine puis revient avec un verre d'eau. Elle le donne à la femme, ainsi qu'un des comprimés qu'elle vient d'acheter. La femme avale le comprimé avec l'eau, lui rend le verre. Laetitia lui prend la main. La femme la contemple avec adoration.

La femme : *anti cheba bezef…*

Laetitia : tu dis toujours ça.

La femme : c'est parce que c'est vrai. Tu es belle comme elle avec les cheveux comme ça… comme ma Saïda… *omri lananssèk... achtaqou ilayka kathiran ... la oufakkirou illa fiika...* Elle pensait qu'elle s'en sortirait, ici, que ton père était un homme bien, qu'il allait la sauver.

Laetitia : je sais…

La femme : il lui aurait fallu un prince à ma sœur. Ça n'existe pas…

Laetitia : je ne sais pas… peut-être…

La femme : peut-être quoi ?

Laetitia : peut-être que non. Ou peut-être que c'est juste qu'on n'a pas eu de chance. Qu'on n'en a pas

Le dessin

rencontrés.

La femme toise Laetitia et retire sa main de celle de la jeune femme.

La femme : ça y est ? T'as déjà oublié tout ce que je t'ai dit ?
Laetitia : mais non, *khala*…
La femme : c'est pas le moment d'avoir des doutes, Laetitia. Après tout ce qu'on a vécu toutes les deux, tout ce qu'on a fait… (un temps, puis elle se voûte, abattue) Je suis tellement, tellement fatiguée…
Laetitia : ça fait trop longtemps que tu es enfermée ici. Samedi, on va profiter de la foule sur la place du marché pour se promener un peu.
La femme : et l'autre ? S'il nous voit ? Ou le flic, là ?
Laetitia : ne t'inquiète pas. Je dirai que tu es une amie.

La femme approuve sans conviction, pousse un soupir de lassitude, se laisse étreindre par Laetitia. Puis ses traits redeviennent durs.

La femme : retourne avec monsieur *ibn al khelb*, maintenant. Sinon il va se poser des questions.

Laetitia câline encore un peu la femme, puis elle se lève et enfile son manteau.

Le dessin

Au moment de sortir :

Laetitia : n'oublie pas : tu prends ton médicament, tu ouvres toujours à la femme de ménage et tu ne cries plus, d'accord ?

L'expression toujours dure, la femme acquiesce. Laetitia sort.

81 – INT/JOUR – VILLA AUGIER – SALON

Augier, assis en pyjama sur le canapé, lit en souriant des feuilles manuscrites que Laetitia a laissées sur un guéridon.

Mais peu à peu, en lisant, son visage change et prend une expression déçue, agacée.

ON ENTEND LA VOITURE DE LAETITIA QUI ARRIVE ET SE GARE.

Consterné, Augier reprend la feuille précédente, lit à nouveau un passage, passe de nouveau à la dernière feuille, incrédule.

Laetitia entre.

Laetitia : problème de banque réglé. J'ai pris votre aspirine, il y avait un monde fou à la pharmacie.

Elle retire son manteau qu'elle accroche.

Le dessin

Augier la toise.

Laetitia : ah, vous lisez la fin…

Augier : vous n'êtes pas sérieuse ?

Laetitia : pas sérieuse ? Pourquoi ?

Augier la dévisage.

Laetitia : vous me dites ça parce que ça finit mal ?

Augier : ça finit mal ? (il lit) « Le crocodile : pourquoi tu ne me nettoies plus les dents ? Alors que nous arrivons vers ta maison ? La petite fille : ce n'est pas ma maison, car je n'ai pas de maison. Je n'en ai jamais eu, je n'étais pas perdue, je n'avais pas besoin de toi. Je ne te nettoierai plus jamais les dents. Va-t-en ! » Et là, votre crocodile bouffe la gamine ! C'est sordide !

Laetitia : comme la vie.

Augier : c'est une plaisanterie ? Ce n'est pas la vie, ça. C'est censé être une histoire pour enfants. Pour enfants !

Laetitia : pourquoi cacher aux enfants que l'absurdité et la mort existent ?

Excédé, Augier se lève.

Augier : vous avez réfléchi à la tête que va faire

Le dessin

l'éditeur qui recevra ça ? Pourquoi diable faire que ce crocodile bouffe la petite, bon dieu ?

Laetitia : parce que c'est un monstre.

Augier reste en arrêt, dépassé.

Augier : vous manquez totalement de discernement. Vous avez la tête embrouillée ma pauvre fille…

Laetitia : quoi ?

Augier : votre réaction démesurée dans le café, hier. Votre attitude constamment fuyante, votre réserve maladive. Votre solitude.

Laetitia : ma solitude ?

Augier : votre solitude, oui, exactement. Vous respirez la solitude par tous les pores de la peau. Et ne me parlez pas de votre petit copain, vous n'en avez pas.

Laetitia accuse le coup. Puis :

Laetitia : je ne supporte plus de voir votre gueule.

Elle reprend son manteau, traverse le salon et sort en CLAQUANT la porte.

Augier chancelle soudain, comme pris de vertige. Il se laisse tomber sur le canapé. Il prend une grande inspiration, comme pour retrouver son rythme

Le dessin

respiratoire habituel. Mais ça ne semble pas marcher. Il RESPIRE FORT.

Off, le BRUIT D'UNE PORTIÈRE DE VOITURE QUI CLAQUE. LA VOITURE DÉMARRE PUIS S'ÉLOIGNE.

Augier se tient la poitrine.

82 – INT/JOUR – VILLA AUGIER – SALON

Augier va un peu mieux. Il prend le téléphone et compose un numéro.

Augier : oui, bonjour mademoiselle. Je voudrais annuler mon rendez-vous de lundi avec le docteur Ledoncet… Robert Augier, oui… (il prend une profonde inspiration) Je préfère consulter aujourd'hui, je vais voir un autre médecin… (un temps) Vous êtes sûre ? Pourtant une jeune femme a appelé pour moi… (un temps) Non ? Et bien, il n'y a rien à annuler, alors…

Augier raccroche, perplexe.

Augier : c'est invraisemblable…

Le téléphone SONNE. Augier laisse sonner. Painon laisse un message :

Le dessin

Painon (off) : Robert, c'est Olivier. Je viens de croiser Claude, du « Bourg-Montagne ». Il m'a dit qu'on t'avait agressé. Rappelle-moi.

Augier reste près du téléphone sans réagir.

83 – INT/NUIT – VILLA AUGIER – ÉTAGE – CHAMBRE AUGIER

Augier s'éveille dans son lit, haletant doucement.
Il allume la lumière.

84 – INT/NUIT – VILLA AUGIER – ÉTAGE – BUREAU

Augier, en pyjama et canne à la main, toujours un peu haletant, entre dans son bureau et allume une petite lampe. Il va jusqu'à son bureau en boitant.

Il s'assied devant son carnet de croquis, puis il commence à dessiner.

Il pose la mine du crayon sur la feuille. La mine tremble.

Un ovale de visage…
… qu'il rate. Il recommence. Le crayon tremble. L'ovale est approximatif.

L'arête d'un nez.

Le dessin

La RESPIRATION d'Augier, plus forte.

Le trait frémissant d'une bouche.

SA RESPIRATION S'ACCÉLÈRE.

Augier cesse de dessiner. Il prend une profonde inspiration. Un temps. Il se calme. Puis il reprend.

De grands yeux clairs.

De longs cheveux blonds qui tombent en cascades hésitantes et bouclées.

Le portrait de Laetitia.

Soudain, il a le FLASH d'un autre portrait. Laetitia brune, yeux foncés, avec un visage plus jeune.

Il oublie sa canne et boîte jusqu'à un placard dont il ouvre la porte.

Sur les étagères, des paquets de feuilles garnies de dessins.

Il jette les feuilles une par une puis par petits paquets en les examinant rapidement, de plus en plus frénétiquement. Les feuilles se mettent à voler autour de lui.

Il s'accroupit. SA RESPIRATION S'EMBALLE.

Autour de lui, des dizaines, des centaines de dessins inondent le plancher.

Il examine en rampant les illustrations.

Le dessin

Ce n'est pas celle-là… celle-là non plus… ni celle-là…

Il cherche, cherche encore. Ses lunettes tombent. Il les ramasse, les remet, haletant…

Des dessins à n'en plus finir, paysages, animaux, personnages de contes, en couleurs, en noir et blanc…

Et puis… le dessin.

Mêmes grands yeux, ici foncés.

Mêmes cheveux bouclés, ici noirs comme l'abîme.

Même ovale fin du visage.

Le portrait noir et blanc de Laetitia, en plus jeune.

Augier regarde au bas à droite de la feuille.

Le dessin est signé « Robert Augier ».

Il est daté de février 1963.

FLASH d'un visage de chair et de sang. Laetitia, en plus jeune et brune.

Augier s'assied sur le sol, main sur la poitrine, tétanisé.

Il avise…

… le bureau, sur lequel sont posées des feuilles blanches et d'autres noires.

85 – INT/NUIT – VILLA AUGIER – ÉTAGE – BUREAU

Augier s'est assis à son bureau…

Le dessin

… sa main tremblante, tenant un crayon à mine blanche au-dessus d'une feuille noire.

La mine blanche s'écrase et tourbillonne sur la feuille noire, faisant apparaître…
… une silhouette blanche et tordue, une parodie d'être humain, coiffée d'un chapeau de brousse…
… quelques traits évoquant des cèdres de l'Atlas desséchés, des montagnes en fond…
… d'autres silhouettes macabres coiffées de chapeaux de brousse, autour de la première, qui semblent s'approcher…
… d'une fermette blanche, une *mechta*…

LES CRIS BELLIQUEUX D'UN GROUPE D'HOMMES.

« Pour Challe ! »

« Mort à l'ALN ! »

« Mort aux fells ! »

DES CRIS DE FEMMES.

Le regard halluciné d'Augier sur…
… la première silhouette qu'il a dessinée.

LA FEUILLE NOIRE

Les contours de la feuille deviennent le cadre d'un horrible dessin animé.

Le dessin

La silhouette blanchâtre au chapeau de brousse prend vie, s'anime de gestes saccadés, bestiaux.

La porte de la maison.

La silhouette…

… pousse la porte…

… et entre…

Dans la pièce, l'esquisse blanchâtre d'une gamine de 13 ou 14 ans dormant dans un lit.

Gros plan sur elle : ses cheveux noirs et bouclés évoquent le dessin retrouvé par Augier sur le sol.

Dans le coin de la pièce, l'esquisse tremblotante d'une autre gamine d'une dizaine d'années, assise par terre, qui regarde la silhouette entrer.

Lentement, la silhouette s'approche de la gamine couchée dans le lit.

L'enfant assise sur le sol CRIE.

La gamine du lit se réveille.

La silhouette se tient devant le lit, immobile. Elle esquisse un geste d'apaisement. Elle émet des BORBORYGMES rassurants au début mais qui deviennent monstrueux.

Terrifiée, la gamine couchée dans le lit ne bouge pas.

Lentement, la silhouette pénètre dans le lit de la gamine.

Le dessin de l'enfant assise dans le coin s'est figé, alors

Le dessin

que résonnent les SANGLOTS ÉTOUFFÉS ET LES CRIS DE LA GAMINE DU LIT.

L'obscurité.
UN BRUIT DE CRÉCELLE.

La silhouette blanche se tient à présent au milieu de la pièce.

Les dessins-gamines n'ont pas bougé.

On entend des PLEURS de la gamine du lit.

Un sergent-silhouette ouvre la porte d'une pièce mitoyenne.

LE BRUIT DE CRÉCELLE.

LES GÉMISSEMENTS D'UN HOMME.

Le sergent-silhouette adresse quelques BORBORYGMES à la silhouette, tout en pointant du doigt la fillette assise dans le coin.

La silhouette fait lever la petite fille assise dans le coin et l'amène au seuil de la pièce mitoyenne.

Le sergent-silhouette pousse l'enfant vers un appareil doté d'une manivelle et d'un fil qui descend vers le sol et sort du champ.

Par BORBORYGMES, il lui ordonne de la tourner.

L'enfant qui était assise dans le coin se met à PLEURER.

Le dessin

Le sergent-silhouette hurle d'HORRIBLES BORBORYGMES.

L'enfant qui était assise dans le coin obéit. Elle tourne la manivelle, provoquant LE BRUIT DE CRÉCELLE.

Le HURLEMENT D'UN HOMME.

L'obscurité.

FIN DU BRUIT DE CRÉCELLE.

Un bois plongé dans l'obscurité, peuplé de cèdres blancs et morts. La silhouette au chapeau de brousse marche, accompagnée de deux autres silhouettes semblables. Ces deux silhouettes, fusil en main, font avancer devant elles un homme voûté qui marche à grand-peine, trébuche, à la limite de ses forces.

Les deux silhouettes s'arrêtent, la silhouette s'arrête.

L'homme voûté continue d'avancer lentement, entre les arbres.

Les deux silhouettes lèvent leur fusil.

L'obscurité. TROIS COUPS DE FEU.

86 – INT/NUIT – VILLA AUGIER – ÉTAGE – BUREAU

Augier, écœuré.

Le dessin

D'un geste, il balaie la feuille noire sur laquelle il a dessiné. Elle tombe au sol.

Il enfouit sa tête aux creux de ses bras. Il GÉMIT.

87 – INT/NUIT – VILLA AUGIER – ÉTAGE

Augier, hagard, tient sa canne d'une main et essaie de l'autre d'ouvrir la porte de la chambre de Laetitia. Elle est fermée à clé.

Il ouvre le tiroir d'une commode voisine et y prend une clé, qu'il fait jouer dans la serrure de la porte.

La porte s'ouvre.

88 – INT/NUIT – VILLA AUGIER – ÉTAGE – CHAMBRE LAETITIA

Augier trouve le sac de voyage de Laetitia sous le lit.

Il le pose sur le lit, l'ouvre et entreprend de le fouiller. Sa RESPIRATION S'ACCÉLÈRE. D'une main tremblante, il en extirpe…

… un billet d'avion pour Madrid.

Sa vue s'est troublée.

Il trouve une chemise en carton, qu'il ouvre. A l'intérieur, une grande feuille de classeur dans un transparent. Collés sur la feuille de classeur, deux éléments :

Le dessin

… le premier en haut de la feuille est une coupure jaunie et froissée de journal, avec une photo, image floue de lui-même, la quarantaine, souriant aux côtés de son associé Pablo.

… le second élément, sous la photo de journal, est un papier froissé et un peu jauni, un mot à l'écriture féminine, qu'Augier doit fixer avec attention pour parvenir à le lire :

« Il est vivant et moi je suis morte »

Augier reste un instant à lire et relire ces mots…
… à remonter à la photo…
… à redescendre aux mots…
… « Il est vivant et moi je suis morte ».

Il s'assied sur le lit. La feuille tremble entre ses mains.

Un temps.

Il abandonne la feuille sur le lit.

Il reste immobile, choqué, perdu.

Un temps.

Puis son regard se porte sur le fond du sac.

Il en sort un flacon.

Il a du mal à en lire l'étiquette, mais distingue un dessin de tête de mort.

Le dessin

89 – INT/NUIT – VILLA AUGIER – ÉTAGE – CHAMBRE LAETITIA

Augier, toujours assis sur le lit de Laetitia. Le sac de voyage est toujours sur le lit mais son contenu a été réintégré et il est à présent fermé.

Finalement Augier se lève, prend le sac, le glisse sous le lit.

Se redressant, il manque de trébucher, reprend son équilibre.

Il porte la main à sa poitrine et, de l'autre, se tient au mur.

90 – INT/NUIT – VILLA AUGIER – SALON

L'obscurité.

Augier est assis sur le canapé, totalement immobile.

La porte de la maison s'ouvre.

Augier regarde l'entrée, hébété.

Un spectre aux formes féminines entre dans la maison.

La porte se referme.

Le spectre traverse le salon en silence, comme flottant au-dessus du sol. Il ne voit pas Augier.

Mais Augier le voit.

Le spectre monte les escaliers.

Le dessin

Augier sur le canapé, terrassé.

91 – INT/JOUR – VILLA AUGIER – SALON

Augier, toujours assis sur le canapé, dans la même position, blême, épuisé.

Il tourne un peu la tête et voit, juste devant lui, un plateau posé sur la table. Sur le plateau, un petit déjeuner, avec le verre de son traitement.

Laetitia sort de la cuisine. Elle regarde Augier avec circonspection.

Laetitia : je vais au marché.

Regard d'Augier à Laetitia…
… puis sur le verre avec le médicament.

Puis de nouveau Laetitia, qui le regarde aussi.

Il se penche vers le plateau, prend le verre.

Il ferme les yeux et boit…
… gorgée à gorgée…

Laetitia le regarde, crispée. Puis elle prend un caddie à l'entrée et sort.

Augier, verre vide et poudré à la main, l'air absent.

Le dessin

92 – INT/JOUR – VILLA AUGIER – SALLE DE BAINS

Augier se rince le visage. Il se regarde dans le miroir.
Ses traits sont las mais expriment aussi une étrange sérénité.

93 – INT/JOUR – VILLA AUGIER – ÉTAGE – BUREAU

Augier à son bureau, peint au pastel sur une feuille blanche.

Sa corbeille, avec des morceaux déchirés de la feuille noire.

94 – EXT/JOUR – BEAUMONT – TERRASSE DE CAFÉ FACE AU MARCHÉ

Laetitia et la femme de l'hôtel prennent un café parmi de nombreux clients, sur une terrasse face au marché.

La femme : ça fait du bien d'être dehors, *yelli*.

Laetitia : tu aurais dû venir à pied. Tu as pu conduire sans problème ?

La femme : mais oui, ne t'inquiète pas. Et toi ? Tu as l'air contrarié. Il t'a emmerdé ?

Le dessin

Laetitia : on s'est disputés hier. Mais rien de sérieux.

La femme : comment il est ?

Laetitia : de plus en plus mal... il...

La femme : il quoi ? Qu'est-ce qu'il y a ?

Laetitia baisse les yeux, muette.
La femme lui prend le bras et le secoue discrètement.

La femme : tu vas pas flancher maintenant, hein *yelli* ?

Laetitia hoche la tête.

La femme : pense à ce qu'il a fait à ta mère. A ce qu'elle est devenue à cause de lui...

Laetitia approuve sans grande conviction apparente. Surprise, elle aperçoit soudain la voiture de Painon approcher lentement dans la rue, à cause des passants qui traversent pour aller au marché.

Painon, qui ne l'avait pas vue, l'aperçoit aussi et lui fait un signe.

Laetitia (à la femme) : c'est le flic ! Va-t-en !

La femme lance un regard fugace vers la voiture de Painon. Elle s'aide de sa béquille pour se lever et part.

Le dessin

Painon, arrivé à hauteur de Laetitia, voit devant lui la femme s'engouffrer dans une voiture. La voiture démarre et part.

Painon ouvre la fenêtre pour appeler Laetitia, qui le rejoint.

Painon : bonjour ! Je vais voir Robert... j'ai appris pour l'agression au café.

Laetitia : ah.

Painon : pourquoi vous ne m'avez pas prévenu ?

Laetitia : ... Robert avait besoin de se reposer. Mais on avait prévu de venir vous voir...

Painon : ah oui ? Bon... (il sourit) Et cette dame qui était avec vous, je ne vous ai pas dérangées j'espère ?

Laetitia : non, non, de toute façon elle allait partir.

Painon : une amie à vous ?

Laetitia : oui.

Painon : elle n'avait pas l'air d'avoir très envie de me parler.

Laetitia : ça n'a rien à voir avec vous. Elle n'est pas du genre très sociable.

Painon : ah. Un peu comme vous, quoi.

Laetitia, silencieuse.

Un COUP DE KLAXON. Quelqu'un attend derrière.

Le dessin

Painon : je vous laisse. On se retrouve chez Robert !

Painon démarre et laisse Laetitia plantée là, songeuse.

95 – INT/JOUR – VILLA AUGIER – ÉTAGE – BUREAU

Au pastel, Augier, agité d'un tremblement de la main, finit de peindre en couleurs le visage de la petite fille qui est assise sur le crocodile. Elle sourit.

Au-dessus, le titre en lettres colorées : « La petite fille et le crocodile ».

Sous le titre : « de Laetitia Charpentier et Robert Augier ».

96 – INT/JOUR – VILLA AUGIER – SALON

La même peinture…
… entre les mains d'Augier, qui assis sur le canapé la montre à Laetitia. Près d'elle se tient Painon.

Laetitia contemple la peinture…
… son nom, « Laetitia Charpentier »…

Augier : prenez-le, il est pour vous.

Laetitia prend l'illustration.

Le dessin

Augier : c'est ma couverture, mais c'est votre histoire. Elle se terminera comme vous voulez qu'elle se termine.

La feuille tremble légèrement dans la main de Laetitia.

Laetitia : je vais préparer le déjeuner.

Elle part dans la cuisine, sous le regard perplexe de Painon.
L'air inquiet, Painon s'approche d'Augier.

Painon : dis donc, tu as vu ta tête ? Tu as pris dix ans d'un coup. Je comprends mieux pourquoi elle m'a dit que tu avais besoin de repos…

Augier (murmurant) : je suis fatigué. Mais tout va bien…

Painon : tu es allé voir le médecin ?

Augier: oui… petite hausse de tension. Rien de grave. Il m'a donné un traitement…

Painon : dans cas… mais tu devrais rester au lit, quand même…

Augier fait un geste agacé.
Painon hoche la tête vers la cuisine.

Painon : je l'ai vue avec une femme tout à l'heure. Une

Le dessin

amie à elle. Cette femme n'avait pas l'air non plus dans son assiette. Elle avait une béquille. Laetitia t'a déjà parlé d'elle ?

Augier : … oui, vaguement.

Painon : elle est d'ici ?

Augier : aucune idée.

Painon : elle n'est pas venue ici, dans la maison ?

Augier : non.

Painon dévisage Augier, comme pour déceler dans son regard une autre vérité.

Augier se rencogne dans le canapé et pousse un soupir las.

Painon semble renoncer à aller plus loin et va dans la cuisine.

97 – INT/JOUR – VILLA AUGIER – CUISINE

Laetitia, de dos, immobile face à la cuisinière.
Painon s'approche.

Painon : Laetitia ?

Pas de réaction.

Painon : je voudrais vous demander…

Le dessin

Il la voit de profil.

Elle a fermé les yeux. Dans sa main, la peinture d'Augier.

Painon : mais qu'est-ce qui vous arrive ?
Laetitia : rien…
Painon : est-ce… que je peux vous aider… ?

Elle fait « non », sans le regarder.

Elle baisse la tête.

Un temps.

Elle pleure.

A la fois étonné et embarrassé, Painon s'approche d'elle et met la main sur son épaule, comme il le ferait pour un ami.

Elle se retourne et, s'abandonnant, elle l'étreint.

Painon la laisse faire, surpris.

Elle ferme les yeux.

Intrigué, Painon va dire quelque chose, y renonce.

Augier est apparu sur le seuil de la cuisine. Il les voit, s'enlaçant.

Il voit sa peinture dans la main de Laetitia.

Il s'efface.

Le dessin

98 – INT/JOUR – VILLA AUGIER – ALLÉE DEVANT L'ENTRÉE

Painon sort de la maison et se dirige vers sa voiture. Il sort un carnet et un téléphone de sa poche et passe un appel.

Painon : Caro ? Dis-moi, tu peux me rendre un service ? (il ouvre son carnet de sa main libre) Tu m'envoies ce numéro aux immat' : 582 HWM 75. Ah… et tu demandes à l'association « Familles Solidarités » de m'envoyer une copie des papiers d'identité d'une de leurs employées : Laetitia Charpentier… comme ça se prononce, oui… Je veux tout ça par e-mail pour hier. Merci.

L'air grave, il raccroche.

99 – INT/JOUR – VILLA AUGIER – SALON

Augier, assis sur le canapé, immobile, silencieux.

On entend les BRUITS DE LA PRÉPARATION D'UN REPAS venant de la cuisine.

100 – INT/JOUR – VILLA AUGIER – ÉTAGE – DEVANT CHAMBRE LAETITIA

Augier frappe à la porte de la chambre de Laetitia.

Le dessin

Augier : Laetitia… j'ai besoin de vous pour me conduire en ville… Laetitia… ?

101 – INT/JOUR – VOITURE AUGIER

Laetitia conduit, le visage fermé. Augier est à ses côtés.

Augier : ne m'attendez pas en bas. J'ai besoin d'être un peu seul. Je rentrerai en taxi.
Laetitia : … très bien.

Silence dans la voiture.

102 – INT/JOUR – BEAUMONT – BUREAU AVOCATE

Augier est assis dans le bureau de Maître Chamain. Elle le regarde, étonnée.

Me Chamain : vous êtes sûr de votre décision, monsieur Augier ?
Augier : tout à fait.
Me Chamain : dans ce cas…
Augier : c'est compliqué ?

Le dessin

Me Chamain : pas spécialement. La personne est au courant ?

Augier : non.

Me Chamain : non ? Vous comptez lui dire quand ?

Augier : bientôt.

L'avocate, surprise.

103 – EXT/JOUR – CHAMALIÈRES – ENTRÉE PARC BARGOIN

Sous un ciel gris et chargé, un taxi s'est garé devant l'entrée du parc Bargoin. Le chauffeur sort des affaires du coffre, chaise pliante, pochette à dessin, et les donne à Augier qui attend, canne à la main. Puis le chauffeur entre dans son taxi et part, tandis qu'Augier se dirige lentement vers l'entrée.

104 – EXT/JOUR – CHAMALIÈRES – PARC BARGOIN

Augier dessine « sa » famille habituelle qui est installée quelques mètres plus loin. Le père est absent, il y a juste la mère et ses deux petites filles.

Une des petites filles court jusqu'à Augier et contemple son dessin.

La petite fille : oh. On dirait nous.

Le dessin

Augier (souriant) : mais oui, c'est vous. Tu aimes bien ?

La petite fille : oui, c'est bien !

La mère (à sa fille) : Chloé ! N'embête pas le monsieur. Viens !

Augier (souriant, à la mère) : oh, elle ne m'embête pas du tout ! (à l'enfant) Tu veux que je te dessine ? Que je fasse ton portrait ?

La petite fille fait « oui » de la tête.

La mère s'est levée et les rejoint.

La mère : Chloé, quand je te dis « viens », tu viens.

Elle prend calmement sa fille par la main, jette un coup d'œil au cahier d'Augier…
… et aperçoit le dessin qu'il fait de sa famille.

La petite fille : le monsieur m'a dit qu'il va me dessiner.

Augier (souriant) : enfin, si vous voulez bien.

La mère jette un regard soupçonneux à Augier. Puis, sèche :

La mère : merci monsieur, mais on doit y aller.

Elle repart en tenant sa fille par la main. La petite se

Le dessin

retourne vers Augier avec un air mortifié. Toutes trois rangent prestement leurs affaires et s'en vont.

Le parc est désert sous le ciel gris.

Augier, seul.

105 – INT/NUIT – VILLA AUGIER – SALON

La pénombre du salon.

Laetitia apparait et se dirige vers le meuble bas où se trouve la boîte avec les lettres et les photos d'Augier.

106 – INT/NUIT – VILLA AUGIER – ÉTAGE – CHAMBRE LAETITIA

Des enveloppes sur le lit de Laetitia.

Sur une de ces enveloppes, le cachet « retour à l'expéditeur ».

Assise sur le bord de son lit, Laetitia lit une lettre avec attention :

Voix d'Augier (off) : « … Six ans après, ton odeur est toujours là. Les traits de ton visage s'estompent, les souvenirs se font plus flous… Mais ton odeur… je la sens parfois où elle ne devrait pas être. Où je ne voudrais pas qu'elle soit… »

Autre passage. Cette fois, c'est la voix de Laetitia qui

Le dessin

se fait entendre, alors qu'elle lit mentalement.

Voix de Laetitia : « … la première fois que tu as caressé ma main, ça m'a fait mal. Ça m'a brûlé. Trop de bonheur d'un coup. Et de douleur. A l'instant où tu as passé tes doigts entre les miens, où tu as posé ta tête sur mon épaule, j'ai su que tu finirais par me quitter. Je me suis dit que c'était ce que je méritais. Ne jamais connaître de beau que par la peinture… »

Emue, Laetitia pose la feuille contre son front.

Elle reste ainsi, immobile.

107 – RÊVE D'AUGIER

Une porte.
Augier s'en approche. Sa RESPIRATION FORTE.

La porte s'ouvre lentement, laissant apparaître…
… un spectre blanc, informe.

Augier, la respiration coupée.

Le spectre s'approche de lui, et émet progressivement un BRUIT DE CRÉCELLE.

Augier ouvre la bouche pour hurler… mais aucun son n'en sort.

Le spectre l'engloutit et le BRUIT DE CRÉCELLE DEVIENT ASSOURDISSANT.

Le dessin

108 – INT/NUIT – VILLA AUGIER – ÉTAGE – CHAMBRE AUGIER

Augier s'éveille, tremblant.

109 – INT/NUIT – BEAUMONT – COMMISSARIAT – BUREAU PAINON

La nuit par une fenêtre. Painon est installé devant son ordinateur.

Il ouvre sa messagerie avec un e-mail dont l'émetteur est le « service immatriculations ».

Sur l'écran, les mots se détachent :

« immatriculé au nom de DJOUDI Nouria, domiciliée 357 rue Lecourbe 75015 Paris »

Painon clique sur un fichier joint, ouvre le scan de la carte d'identité de Laetitia.

Puis il va dans le fichier « renseignements généraux », tape « Laetitia Charpentier », et choisit la bonne date de naissance parmi les homonymes proposés.

Painon (murmurant) : « Laetitia Charpentier, née en 1986, fille d'Alain Charpentier, né à Paris en 1949, et de Saïda Djoudi, née à Akbou, Algérie, en 1946 ».

Painon reste en arrêt, étonné.

Le dessin

Puis il tape « Saïda Djoudi » dans la barre de recherche.

Painon : « Saïda Djoudi, née en 1946 à Akbou, Algérie. Arrivée en France, Paris : 1965. Condamnée pour prostitution… détention de stupéfiants… Décédée suite à défenestration en 1987… »

Painon, très intrigué.

110 – INT/JOUR – VILLA AUGIER – SALON

Augier descend les escaliers. On entend un BRUIT DE RANGEMENT PRÉCIPITÉ. Il arrive dans le salon éclairé par une petite lampe d'appoint.

Laetitia se tient debout immobile près de la commode à souvenirs ouverte. Surprise, elle n'a pas pu finir de tout ranger. Quelques vieux cahiers d'écolier transformés en BD à ses pieds, dont un ouvert et qu'elle a sans doute parcouru.

Augier : … c'est vous ?

Laetitia : oui… Je n'arrivais pas à dormir, alors…

Augier remarque au sol la vieille BD qu'il a dessinée enfant.

Augier : … « Bidule et Roquet », par « Bob et Am' »… Robert et Amar… Ça a été un vrai succès de

Le dessin

cour d'école, vous savez... les copains en étaient fous...
Je ne vous ai jamais parlé de lui ? Amar ?

Laetitia fait « non ».

Augier : mon meilleur ami d'enfance... Kabyle, fils d'immigrés. Il dessinait très bien, mieux que moi...

Laetitia, impassible.

Augier : ... sa mère était cuisinière dans notre école. Une femme très gentille... Pendant la guerre d'Algérie, elle est montée à Paris pour aller voir sa sœur... (un temps) Elle est morte dans un café affilié au MNA, le parti nationaliste de Messali Hadj... tuée par une bombe du FLN... Amar... ne s'en est jamais remis. Il a fait une dépression, et un arrêt cardiaque des années plus tard...

Silence.

Laetitia (froide) : ... pourquoi vous me racontez ça ?

Un long silence.

Augier : ... vous vous rappelez ce spectre dont je vous ai parlé ? Celui de mes cauchemars... ?
Laetitia : oui...

Le dessin

Augier : il n'est jamais vraiment parti.

Un temps.

Augier : il s'est employé à me détruire moi, mon talent. Les gens que j'ai aimés…

Silence.

Augier : il y a des années, quand j'ai vu cette voiture foncer sur moi, il m'a dit : « ne bouge pas. Que ça s'arrête enfin. Ne bouge pas… »

Laetitia, pétrifiée.

111 – INT/NUIT – BEAUMONT – COMMISSARIAT – BUREAU PAINON

Painon, concentré, ouvre une fenêtre « casiers judiciaires » sur l'écran. Il tape « Nouria Djoudi » dans la barre de recherche, sélectionne la bonne date de naissance parmi les homonymes. Le résultat s'affiche, il lit à haute voix :

Painon : « Nouria Djoudi. Née en 1950 à Akbou, Algérie… Enfant à charge : nièce, Laetitia Charpentier, jusqu'en 2004. (un temps, il réfléchit) Condamnée à seize mois de prison ferme en 1990 pour homicide involontaire par surdose de médicaments sur la

Le dessin

personne d'Edouard Blanchet, son employeur. »

Un temps, durant lequel Painon prend la mesure de ces informations.

Sur l'écran, il ouvre la fenêtre « fichier général » et tape « Edouard Blanchet, Robert Augier » dans la barre de recherches.

Un paragraphe s'affiche.

Painon : « Edouard Blanchet... sergent-chef au 19e RCP d'Akbou, Algérie, 1960 ». (il lit un peu plus loin) « Robert Augier, première classe au 19e RCP d'Akbou, Algérie, 1960 »...

Painon, interdit.

Painon : c'est pas possible...

112 – INT/NUIT – VILLA AUGIER – SALON

Laetitia face à Augier, dans la faible lumière du salon.

Laetitia : pourquoi vous avez voulu que cette voiture vous tue ?

Augier, sans réaction.
La téléphone du salon SONNE.

Le dessin

Augier laisse sonner.

Trois fois.

Quatre fois.

Laetitia, immobile.

A la cinquième, Augier décroche et répond.

113 – INT/NUIT – BUREAU PAINON (au téléphone) / SALON AUGIER

Painon est au téléphone.

Painon : tu es avec Laetitia ?

Augier : non. Elle s'est absentée.

Painon : Robert, il y a un truc qui a l'air de cafouiller sérieux avec elle. A partir de maintenant tu n'avales rien de ce qu'elle te donne ou qui se trouve chez toi, ni nourriture, ni boisson ou médicament. A son retour, fais-la entrer comme si de rien n'était et ne lui dit pas un mot de notre conversation. Tu m'as bien compris ?

Augier : oui.

Painon : je t'expliquerai. J'arrive.

Painon raccroche, se lève, enfile son blouson et sort du bureau.

Le dessin

114 – INT/NUIT – VILLA AUGIER – SALON

Augier a raccroché. Il fixe Laetitia.

Augier : il faut que vous partiez.

Laetitia, incrédule.

Augier : Painon est en route. Il sait tout.
Laetitia : quoi ?
Augier : il sait pourquoi vous êtes là. Le poison. Tout.

Laetitia, stupéfaite.

Augier : j'ai mis tout ce que j'ai à votre nom sur mon testament. Laissez-moi un point de contact secret… (il prend une profonde inspiration) J'essaierai de trouver un moyen de vous le faire parvenir…

Laetitia, muette.

Augier : allez-vous en, je vous en prie.

Des larmes montent aux yeux de Laetitia.
Augier, crispé.

Augier : je n'ai pas voulu ça…

Le dessin

Laetitia : qu'est-ce que vous n'avez pas voulu ?

Augier secoue la tête.

Laetitia : qu'est-ce que vous n'avez pas voulu ?

Il étouffe une sorte de plainte.
Elle s'approche de lui et l'attrape brutalement par le col de sa chemise.

Laetitia : qu'est-ce que tu n'as pas voulu, vieux salaud ?
Augier : non…
Laetitia : qu'est-ce que tu as fait !
Augier : c'était il y a longtemps…
Laetitia (les larmes aux yeux) : en Algérie… dis-le !

Augier pleure.

Augier : … j'étais un gamin… un petit con…
Laetitia : tu l'as violée ! Tu l'as violée ! Quel âge elle avait !
Augier : je ne sais pas…
Laetitia : quel âge !
Augier : … quinze… seize…

Le dessin

Laetitia : elle avait douze ans… (pleurant) C'était ma mère…

Des larmes roulent sur le visage d'Augier.

Laetitia pousse un CRI de douleur et cherche à l'étrangler.

Il ne fait rien pour résister.

Il trébuche en arrière. Elle avec lui. Il heurte un placard et perd ses lunettes. Il va au sol. Elle l'accompagne, les mains rivées sur son cou.

Elle appuie… encore…

Il a perdu connaissance.

Elle retire ses mains.

Elle se lève, tremblante. Elle marche à reculons vers les escaliers. Elle fixe le corps étendu d'Augier. Elle manque de trébucher.

115 – INT/NUIT – VILLA AUGIER – ÉTAGE – CHAMBRE LAETITIA

Fébrile, Laetitia récupère ses affaires qu'elle range dans son sac de voyage.

Le dessin

116 – INT/NUIT – VILLA AUGIER – SALON

Augier, inanimé au sol.

Vêtue de son manteau, sac à la main, Laetitia traverse le salon.

Elle passe près d'Augier, le regarde…
… il est livide…
Elle se dirige vers la sortie.

117 – EXT/NUIT – VILLA AUGIER – ALLÉE DEVANT ENTRÉE

Laetitia sort de la propriété.
Elle marche à vive allure jusqu'à sa voiture.

118 – INT/NUIT – VOITURE LAETITIA

Laetitia entre dans sa voiture. Elle s'assoit et referme la portière.

Elle s'adosse contre le fauteuil.

Ses mains tremblent.

Elle passe une main sur son visage.

Un moment.

Le dessin

Elle reste là, sans bouger.

Brusquement, elle rouvre la portière de la voiture et sort.

119 – EXT/NUIT – VILLA AUGIER – ALLÉE DEVANT L'ENTRÉE

Laetitia sort de la villa. Elle soutient Augier. Voûtée sous son poids, elle avance, se traîne…
… trébuche…
… manque de le lâcher.

Finalement, elle parvient jusqu'à sa voiture avec lui, et l'installe avec peine sur la banquette arrière.

Elle l'observe, haletante, effrayée. Elle regarde autour d'elle, ne sachant quoi faire… Chancelante, elle empoigne son portable et compose un numéro.

Laetitia : les urgences… ? … Aidez-moi s'il vous plaît ! J'ai quelqu'un qui vient de faire un malaise cardiaque. Envoyez une ambulance…

À ce moment, elle aperçoit au loin…
… la voiture de Painon qui s'approche.

Aussitôt, elle va à l'arrière de sa voiture et enlace brusquement le torse d'Augier. Déployant toutes ses forces, elle le fait sortir tout en claquant la portière du

Le dessin

pied. Elle le traîne quelques mètres derrière et l'étend sur l'herbe du bord de l'allée, en posant délicatement sa tête sur le sol.

Se baissant pour ne pas être vue, elle grimpe dans sa voiture.

120 – INT/NUIT – VOITURE PAINON

Painon conduit. Il voit la voiture de Laetitia, garée sur le côté de l'allée. Puis il observe l'entrée de la maison. Alors qu'il ralentit, il voit la voiture de Laetitia démarrer avec la jeune femme au volant.

Painon : hé !

La voiture de Laetitia part en trombe.

Painon fait faire un tour au volant.

Il stoppe net en voyant Augier étendu sur le bord de l'allée.

121 – EXT/NUIT – VILLA AUGIER – ALLÉE DEVANT ENTRÉE

Painon sort de la voiture et court jusqu'à Augier. Il s'agenouille près de lui.

Painon : Robert ? … Robert ?

Le dessin

Il regarde au loin. La voiture de Laetitia a disparu.

122 – INT/NUIT – VOITURE LAETITIA

Laetitia conduit, au téléphone.

Laetitia (au téléphone) : il faut que je te dise… Attends ! Ne crie pas ! (un temps) Ça doit s'arrêter, tu comprends ? (suppliante) Ecoute-moi, merde !

123 – INT/JOUR – BEAUMONT – HÔPITAL – CHAMBRE

Augier s'éveille dans une chambre d'hôpital, sous perfusion.

Painon, assis à son chevet, lui sourit. Il y a aussi un médecin qui doit avoir la quarantaine.

Painon : salut Robert.

Augier regarde alentour, anxieux.

Painon : ils t'ont fait la vidange. Ça va mieux ?
Augier : … fais-moi sortir d'ici.

Le médecin prend la parole :

Le dessin

Le médecin (à Augier) : dans quelques heures, si tout va bien. On vous aurait administré un poison. Je n'en ai pas trouvé trace… mais suite à une recherche d'après vos symptômes, je pense qu'il pourrait s'agir d'un dérivé de digitoxine, assez rare, et pratiquement impossible à détecter quand il est ingurgité sur la durée. Mélangé à votre traitement pour le tremblement essentiel, il est possible qu'il soit à l'origine de vos hallucinations auditives…

Augier acquiesce lentement, puis à Painon :

Augier : où est Laetitia ?
Painon : elle s'est enfuie… Elle a appelé une ambulance pour toi…

L'espoir submerge Augier. Il ferme les yeux pour ne pas pleurer.

Painon (au médecin) : vous pouvez nous laisser un instant, s'il vous plaît ?

Le médecin acquiesce et sort.
Painon dévisage Augier.

Painon : elle et sa tante se sont débrouillées pour

Le dessin

mettre Safeta hors service, s'incruster dans l'assoce et t'atteindre, pour t'empoisonner. On est d'accord ?

Augier : sa tante ?

Painon : oui.

Augier baisse les yeux, plongé dans ses pensées.
Silence.
Après un temps :

Augier : … Laetitia n'y est pour rien…

Painon : pourquoi tu la défends ?

Silence.

Painon : Robert, je ne sais pas ce qu'il y a entre toi et elle, ou l'autre, mais ce qui s'est passé est très grave. Tu vas porter plainte.

Augier : en aucun cas.

Painon : tu plaisantes ?

Augier : en aucun cas je ne porterai plainte.

Painon réprobateur fixe Augier.

Painon : ne compte pas sur moi pour enterrer cette affaire. C'est de toi dont il s'agit.

Augier : arrête de me parler comme à un gamin. Et fais-toi une raison. Je ne serai jamais le père que tu

Le dessin

rêvais d'avoir.

Painon, blessé, a un léger mouvement de recul.

124 – EXT/JOUR – ROUTE DE CAMPAGNE

Laetitia conduit.
Elle repère un croisement et ralentit.
La femme de l'hôtel, sa tante Nouria, l'attend dans sa voiture.
Laetitia s'arrête au bord de la route.

Laetitia sort de sa voiture, et va rejoindre Nouria.
Elle s'assoit près d'elle, passager avant.

Nouria : le flic… il t'a suivi ?
Laetitia : non. Mais il faut qu'on parte tout de suite.
Nouria : l'autre, il est mort ?

Laetitia, gênée, garde le silence.
Un temps. Le regard de Nouria devient froid. Elle toise Laetitia.

Nouria : finalement, t'as rien compris…
Laetitia : *khala...*

Le dessin

Nouria : depuis que tu as l'âge qu'elle avait quand l'autre lui a fait ça, tu me dis que tu veux la venger… Là tu as l'occasion… et tu la laisses passer ? Il est où ton honneur ?

Silence.

Nouria : il est où ton honneur ?
Laetitia : je sais pas… j'en ai marre, *khala*… j'en ai marre…
Nouria : et moi ? Moi j'en ai pas marre ? Cinquante-cinq ans que je pleure, que j'ai peur, que j'y pense tous les jours, matin, midi, soir, la nuit ?
Laetitia : je sais…

Nouria secoue la tête.

Nouria : non tu sais pas, t'as jamais su. J'aurais dû savoir, j'aurais dû savoir depuis le début que t'aurais pas les couilles… Pourquoi est-ce que je l'ai pas fait moi, comme pour l'autre ? Je voulais le faire, pourquoi est-ce que je l'ai pas fait ? T'y étais pas, toi. Moi oui, moi j'ai tout vu. C'était à moi de le faire, pour voir tous les jours, pour profiter, pour que cette pourriture, *mosska hallouf*, il se sente partir un peu plus chaque jour, qu'il souffre un peu plus dans son corps… pas dans son âme parce que les chiens comme lui ils ont pas d'âme, ils en ont jamais eu… qu'il souffre comme

Le dessin

elle a souffert, elle, chaque jour pire que celui d'avant... mais t'as pas été au bout... tu veux pas rendre un petit peu d'honneur à ta famille, à ton grand-père, à ta mère... *ma tehchemech*, Laetitia, *ma tehchemech...*

Laetitia : *balafamouk* !

Nouria, un instant surprise...

... gifle violemment Laetitia.

Laetitia, saisie, porte la main à sa joue.

Puis Nouria, regard glacé, la serre contre elle comme une enfant. Laetitia se laisse étreindre.

Un temps.

Nouria : tu te rappelles ce que je t'ai dit ? Ce que j'ai vu ?

Silence.

Nouria : tu te rappelles ?
Laetitia : ... oui...
Nouria : qu'est-ce que j'ai vu, *yelli* ?
Laetitia : tu as vu maman se faire violer...
Nouria : j'ai vu ta maman se faire violer. Par qui ?
Laetitia : ... par l'autre... Augier.
Nouria : Et ça s'est passé comment ? Dans le calme ? Dans le silence ?

Le dessin

Laetitia : non...

Nouria : qu'est-ce qu'elle a fait, ta mère ?

Laetitia : ... elle s'est défendue, elle s'est battue... elle a crié... elle a pleuré...

Nouria : elle a crié, elle a pleuré... et qu'est-ce que j'ai fait ensuite, *yelli* ?

Laetitia : ... *khala*...

Nouria : qu'est-ce que j'ai fait, *yelli* ?

Laetitia : ... tu as vu Saïd attaché sur une table... nu, avec des câbles et du sang...

Nouria : branchés où, *yelli* ? Branchés où ?

Laetitia : ... sur son sexe...

Nouria : sur son sexe... et ils m'ont fait tourner la manivelle, *yelli*, ils m'ont fait tourner... j'ai fait hurler mon père...

Nouria, les larmes aux yeux.

Nouria : qu'est-ce que je pouvais faire d'autre, alors ? Qu'est-ce que je pouvais faire ?

Laetitia : rien, *khala*... tu pouvais rien faire...

Les larmes de Nouria coulent sur ses joues. Elle étreint plus fort Laetitia...
... puis ses traits redeviennent durs.

Le dessin

125 – INT/NUIT – VOITURE PAINON – ROUTE DE CAMPAGNE

Painon conduit en silence. Augier, anxieux, est assis près de lui.

126 – INT/NUIT – VILLA AUGIER – ÉTAGE – CHAMBRE LAETITIA

Des vêtements jetés çà et là sur le sol.

Painon vérifie le contenu des tiroirs d'une commode.

Augier l'observe, assis sur le lit qu'occupait Laetitia.

Painon : va te reposer dans ta chambre.

Augier : ça va aller.

Painon : c'est pas une suggestion.

Augier : je suis chez moi.

Painon : et moi je suis flic. Dans ta chambre !

Augier balaie la pièce une dernière fois des yeux…
… il jette un regard de défiance à Painon…
… puis il sort. Remonté, Painon le regarde sortir.

Le policier défait les draps du lit, vérifie sous le sommier.

Le dessin

127 – INT/NUIT – VILLA AUGIER – ÉTAGE – CHAMBRE AUGIER

L'obscurité de la chambre d'Augier.

Augier, étendu sur son lit, habillé.

128 – INT/NUIT – VILLA AUGIER – SALON

Painon finit de fouiller le salon. Il pousse un soupir. Il se dirige vers l'entrée, ouvre la porte…
… et aperçoit Laetitia, plantée de l'autre côté de l'allée, les bras ballants.

Une dame blanche dans la nuit…

Laetitia : Painon…
Painon : Laetitia… ?

Il empoigne son pistolet et franchit le seuil de la porte…

129 – EXT/NUIT – VILLA AUGIER – DEVANT L'ENTRÉE

Painon est brutalement frappé à la tête. Il trébuche et tombe.

Nouria le surplombe, tenant sa béquille à deux mains, bout en avant.

Le dessin

Painon, au sol, la regarde d'un air surpris, pose sa main derrière sa tête et la retire couverte de sang.

Le bout de la béquille lui fonce dessus.

L'obscurité.

130 – EXT/NUIT – VILLA AUGIER – FAÇADE ENTRÉE

Laetitia a trouvé les menottes de Painon qui est inanimé, et, sous le regard sévère de Nouria, elle attache le policier par le poignet à un tuyau de canalisation longeant la façade de la maison.

131 – INT/NUIT – VILLA AUGIER – CHAMBRE AUGIER

Augier est assis sur son lit, penché pour écrire un mot sur sa table de chevet, nimbé par la lumière lunaire qui passe par la fenêtre. Il glisse le mot dans une petite enveloppe.

Des BRUITS DE PAS VENANT DE L'ESCALIER, LE SON D'UNE CANNE.

Augier redresse la tête et regarde la porte.

LES BRUITS DE PAS ET LE SON DE CANNE SE RAPPROCHENT.

ILS SONT TOUT PRÈS, DANS LE COULOIR.

Le dessin

Augier range la petite enveloppe dans sa poche.
Tétanisé, il attend…

La porte de la chambre s'ouvre…
… laissant apparaître la silhouette de Nouria, sur sa béquille.

La RESPIRATION FORTE de Nouria.

Augier la voit.

Nouria avance.

Son visage apparaît dans la lumière blême.

Le canon luisant d'un pistolet.

Augier ne bouge pas.

Nouria : tu sais qui je suis ?

Augier, saisi.

Nouria : tu sais qui je suis ?
Augier : … oui…

Un temps.

Augier : … pourquoi maintenant ?
Nouria : … parce qu'avant j'ai pas pu.

Silence.

Le dessin

Nouria : … l'enfant que tu as mis de force dans son ventre, ils l'ont su, elle a dû le tuer… mais ils l'ont rejetée quand même… elle a dû partir, venir ici… elle a cru pouvoir s'en sortir en se mettant de votre côté, du côté des forts… elle s'est mise avec des hommes qui ont continué à la traiter comme une poubelle, et le père de Laetitia… lui aussi c'était un lâche, comme tous ceux de votre espèce, alors elle a abandonné…

Augier, paralysé.

Nouria : à la fin, elle s'est jetée par la fenêtre de l'hôpital… près de son lit, j'ai trouvé une photo de toi dans le journal. Tu faisais le beau… « monsieur le directeur » et sa société-machin… À côté du journal, j'ai trouvé un mot d'elle, qu'elle a écrit avant de sauter : « il est vivant et moi je suis morte. » (un temps, puis elle murmure comme pour elle-même) « il est vivant… et moi je suis morte… »

Augier lève la paume de la main vers Nouria, en une dérisoire tentative pour l'empêcher de le menacer. Sa main tremble.

Nouria : tu as peur ?

Augier, main tremblante en l'air.

Nouria : tu as peur… tu as le même regard qu'en

Le dessin

Espagne, quand je t'ai foncé dessus… Je t'ai pas eu cette fois-là. Alors je me suis occupé de ton sergent…

Augier, le bras toujours levé.

Nouria : il m'a pas reconnu… comment il se serait rappelé de moi ? J'étais juste une gamine parmi les centaines, les milliers de bougnoules qu'il a croisés là-bas… (elle sourit) Je me suis occupé de ses repas… ça a été incroyable de le voir crever doucement, chaque jour… ça a été incroyable de rendre un peu d'honneur à mon père…

Elle tend son bras tenant le pistolet.

Nouria : maintenant c'est ton tour. Tu vas descendre avec moi…

Augier, suppliant, main en avant, fait « non » de la tête.

Nouria : descends, ou je tire.
Augier : Laetitia… Laetitia m'a pardonné…
Nouria : non. Elle n'a pas eu le courage d'aller jusqu'au bout.

Augier ferme les yeux, grimace comme un enfant sur le point de pleurer.

Le dessin

Nouria tire UN COUP DE FEU sur le drap de lit dont un bout d'étoffe s'envole.

Augier se recroqueville. Il pleure.

Nouria : descends !

Un moment.
Augier cesse de pleurer.
Il se lève…
… descend du lit, se lève.
L'entrejambe trempé de son pantalon.
Ses jambes ne tiennent pas, il retombe sur le lit.

Nouria : j'ai dit descends !

Il contient un sanglot, ramasse ses forces… et se lève à nouveau.

D'une main tremblante, il prend sa canne posée contre le mur.

Nouria : on va dans le salon.

132 – INT/NUIT – VILLA AUGIER – SALON

À pas lents, appuyé sur sa canne comme un centenaire, Augier arrive dans le salon plongé dans la pénombre.

Le dessin

Laetitia l'y attend, plantée dans la lumière spectrale passant par une fenêtre. Elle est un être désincarné au regard sans vie.

Une corde de gibet, attachée au-dessus de la table à une poutre au plafond.

Nouria : monte sur la table.

La RESPIRATION d'Augier, plus forte.

Il chancelle.

Nouria : allez !

Augier : s'il vous plaît… pas comme ça…

133 – EXT/NUIT – VILLA AUGIER – FAÇADE ENTRÉE

Painon à terre, inanimé et menotté à la canalisation de la façade.

Un COUP DE FEU, suivi d'un CRI DE DOULEUR D'AUGIER.

Painon bouge légèrement la tête.

134 – INT/NUIT – VILLA AUGIER – SALON

Augier, blême, grimaçant de douleur, est adossé au

Le dessin

meuble bas. Il tient son bras droit qui saigne abondamment.

Du bout du pistolet, Nouria lui désigne à nouveau la table et la corde.

Laetitia est une statue de sel.

Mais son visage est agité d'un tremblement convulsif.

135 – EXT/NUIT – VILLA AUGIER – FAÇADE ENTRÉE

Painon bouge la tête. Il semble être sur le point de se réveiller.

136 – INT/NUIT – VILLA AUGIER – SALON

Augier, voûté et tremblant, le bras ensanglanté, se hisse debout sur la table du salon.

A un pas devant lui, la boucle de la corde qui oscille.

Nouria : passe ta tête dans la corde.

Augier tremble, sans avancer.

Nouria tire un nouveau COUP DE FEU près de lui.

Augier tressaille.

Le dessin

Après un temps…
… il avance, et passe sa tête dans la boucle.

La vue brouillée, la respiration difficile, il voit les deux femmes en contrebas, l'une le dévisageant avec une joie avide et glacée, l'autre semblant l'ignorer, comme absente de la scène et à elle-même.

Laetitia fixe « Soir », le tableau de Breton accroché au mur…
… la jeune paysanne rêveuse, qu'on devine dans la pénombre.

Nouria s'approche de la table en s'appuyant sur sa béquille…
… range le pistolet dans sa poche, et, d'une main, tire le rebord de la table.

La table tressaute. Augier tressaille, la tête prise dans la corde.

Augier voit Laetitia regarder sa tante, comme soudain éveillée et désemparée. La jeune femme agrippe le rebord de la table pour l'immobiliser.

Laetitia : non, *khala*…

Nouria, l'air halluciné, pointe son arme sur Laetitia.

Nouria : enlève ta main. Tout de suite.

Laetitia (pleurant) : tu vas tirer sur moi, *khala* ?

Le dessin

Nouria : enlève ta main.

A travers un brouillard, Augier distingue Nouria semblable à une démente, sur le point de tirer sur Laetitia.

Il fait un pas en avant et bascule.

Laetitia pousse un cri.

Augier se balance dans le vide.

Laetitia se précipite sur lui et l'attrape par les jambes.

Laetitia (pleurant, à Nouria) : aide-moi !

Nouria, impassible, comme en transe.

Laetitia : je t'en supplie !

Laetitia étreint les jambes d'Augier, fort.

Nouria TIRE sur Laetitia, qui pousse un cri et tombe à terre.

Nouria s'approche d'Augier et TIRE sur lui à bout portant.

Nouria regarde Laetitia à terre.

FLASH du visage de sa sœur, Saïda, criant dans son lit.

Nouria regarde Augier blessé à l'abdomen et qui se balance dans le vide, le visage déformé par la souffrance.

Le dessin

FLASH du père de Nouria hurlant, tandis que résonne le BRUIT DE CRÉCELLE.

Un COUP DE FEU et LE BRUIT D'UNE SERRURE QUI VOLE EN ÉCLATS.

Painon apparaît sur le seuil de la porte, arme à la main.

Nouria TIRE vers Painon. Impact près de lui sur le mur.

Painon TIRE aussitôt.

Nouria, mortellement atteinte, s'écroule près de Laetitia.

Painon se précipite vers Augier et l'attrape par les jambes.

Painon : bordel !

Laetitia, bras en sang, se redresse en vacillant. Elle voit…
… sa tante inanimée à ses côtés…
… au-dessus d'elle, Augier qui se tord dans le vide.

Painon, tenant les jambes d'Augier, utilise son pied pour rapprocher une chaise, sur laquelle il monte, manquant de perdre l'équilibre. De toutes ses forces, il lève le corps d'Augier, et parvient à le dégager de la corde. Il l'étreint fermement et, doucement, descend de la chaise.

Le dessin

Avec délicatesse, il allonge Augier sur le tapis, près de Laetitia à genoux.

Laetitia regarde Augier.

Augier pose sur elle le regard vitreux de ceux qui sont déjà ailleurs. Il déglutit, mais les mots ne viennent pas.

Les larmes de Laetitia, tandis qu'elle caresse en même temps…
… la joue d'Augier…
… les cheveux de sa tante inerte.

Painon, agenouillé près d'Augier et de Laetitia, est bouleversé.

Augier enfouit sa main convulsive dans une de ses poches.

Painon s'approche.

Augier veut retirer sa main de sa poche, mais ses forces l'abandonnent à ce moment. Il cesse de trembler. Ferme les yeux.

Peu à peu, la souffrance sur son visage s'évanouit.

Painon et Laetitia pleurent.

Le silence.

Painon prend la main qu'Augier a mise dans la poche, et l'en retire délicatement.

La main d'Augier, serrée sur une petite enveloppe.

Painon tire sur l'enveloppe qui, maintenue par la main du mort, se déchire. Le policier écarte délicatement les

Le dessin

doigts d'Augier et parvient à extirper le reste de l'enveloppe, dont il rapproche les deux parties…
… elle est adressée à « Olivier », soit lui-même.

Painon range les deux papiers dans sa poche, se lève, sort un téléphone portable d'une poche de son blouson, qu'il ôte et met sur les épaules de…
… Laetitia immobile.

Les visages d'Augier et de Nouria, l'un à côté de l'autre.

Laetitia les observe, fascinée.

Painon (off) : j'ai besoin d'une ambulance à la propriété de Robert Augier, soixante-douze allée de la Châtaigneraie.

137 – INT/NUIT – VILLA AUGIER – SALLE DE BAINS

Laetitia, en état de choc, est assise sur un tabouret, voûtée, les mains menottées sur les genoux, le manche gauche de chemise remonté jusqu'à l'épaule sur son bras ensanglanté que Painon est en train d'examiner. Une colère contenue dans le regard du policier. Près de lui, posé sur le lavabo, le sac de voyage ouvert de la jeune femme. Dans le placard au-dessus du lavabo, Painon prend du coton hydrophile et du désinfectant, puis il nettoie délicatement le bras de Laetitia.

Elle garde la tête baissée.

Le dessin

138 – INT/NUIT – VOITURE DE PAINON

Painon roule en regardant droit devant lui, hanté.
Derrière lui, Laetitia silencieuse, tête baissée, menottée.

139 – EXT/NUIT – ROUTE DE CAMPAGNE

La voiture de Painon roule dans la nuit et croise une ambulance.

140 – EXT/NUIT – BEAUMONT

La voiture de Painon entre dans Beaumont.

141 – EXT/NUIT – BEAUMONT – CENTRE-VILLE

La voiture s'arrête dans une rue du centre-ville.

142 – INT/NUIT – VOITURE DE PAINON A L'ARRÊT

Painon, soucieux, se tourne vers Laetitia.
La tête de la jeune femme est toujours baissée, son regard vide.

Le dessin

Il la regarde un instant, se retourne, sans doute perdu quelque part entre rage et pitié. Il fixe devant lui, au-delà du pare-brise, une imaginaire ligne d'horizon.

Il sort de sa poche les deux parties déchirées de la petite enveloppe adressée à lui par Augier. Il hésite, comme s'il en subodorait le contenu. Puis il les ouvre et en extirpe le mot, qu'il reconstitue.

« J'ai tué sa mère. Laisse-la partir. »

Painon, confus.

Retour à la ligne imaginaire.

Il engouffre sa tête au creux de ses bras posés sur le volant.

Un long moment.

143 – EXT/NUIT – BEAUMONT – CENTRE-VILLE

La voiture de Painon arrêtée dans la rue. En ombres chinoises, les silhouettes de Painon à l'avant, penché sur le volant, et Laetitia, voûtée à l'arrière.

Le dessin

144 – INT/NUIT – VOITURE DE PAINON A L'ARRÊT

Enfin, Painon relève la tête.
Il prend le volant et démarre.

145 – EXT/NUIT – AUTOROUTE

La voiture passe près d'un panneau indiquant la route vers Clermont-Ferrand.

146 – EXT/NUIT – TERRAIN VAGUE PROCHE DE L'AÉROPORT DE CLERMONT-FERRAND

La voiture s'arrête sur un terrain vague désert. Au loin dans la nuit brillent les lumières de l'aéroport.

147 – INT/NUIT – VOITURE DE PAINON

Painon, hésitant.

Il sort soudain de la voiture et ouvre la porte arrière.
Il s'assied près de Laetitia, prend une clé et la libère de ses menottes.
Elle le dévisage, hagarde.
Il sort de la voiture.

Le dessin

Painon : vas-y.

Laetitia, incrédule.

Painon : barre-toi, putain !

Il prend le sac de voyage et le lui jette sur les genoux. Elle le regarde encore un instant sans avoir l'air d'y croire…

… puis elle sort.

Elle fait quelques pas, s'arrête. Effrayée, elle se retourne vers lui.

Furieux, il lui fait signe d'aller au diable.

Elle se retourne et s'éloigne.

148 – INT/NUIT (petit matin) – AÉROPORT

Pâle, perdue, Laetitia erre dans le hall de l'aéroport.

Voile d'irréel. Silhouettes isolées, fantomatiques.

Un fantôme parmi les fantômes.

149 – INT/NUIT (petit matin) – AÉROPORT – TOILETTES FEMMES

Les toilettes femmes. Devant un miroir, Laetitia réajuste en grimaçant le bandage ensanglanté sur son

Le dessin

bras. Elle passe un pull, puis se regarde un moment dans la glace. Elle s'enferme dans un W.C. et pleure.

150 – INT/JOUR – AÉROPORT – HALL D'ATTENTE

Quelques personnes assises dans le hall d'attente. Derrière une baie vitrée, un avion.

Laetitia a sorti de son sac une feuille pliée en deux…
… la peinture d'Augier : la petite fille souriante, voyageant sur le dos du crocodile.

Au bout de la rangée où Laetitia est assise, une petite fille s'ennuie ferme. Près d'elle, ses parents, visiblement un français d'origine maghrébine et une française, conversent joyeusement.

Laetitia se lève, passe derrière la rangée et rejoint la petite fille. Elle lui donne le dessin.

Les parents, amusés.

La petite fille regarde le dessin, puis Laetitia à qui elle sourit.

Laetitia lui rend son sourire…
… et part.

FIN

Marco Hukenzie est scénariste et romancier.
Le scénario "Le Dessin" lui a permis d'obtenir son diplôme au Conservatoire Européen d'Ecriture Audio-visuelle.

Contact : hukenzie@gmail.com

chaltaros.fr